幸好你没嫁给他

程安 著

北京联合出版公司

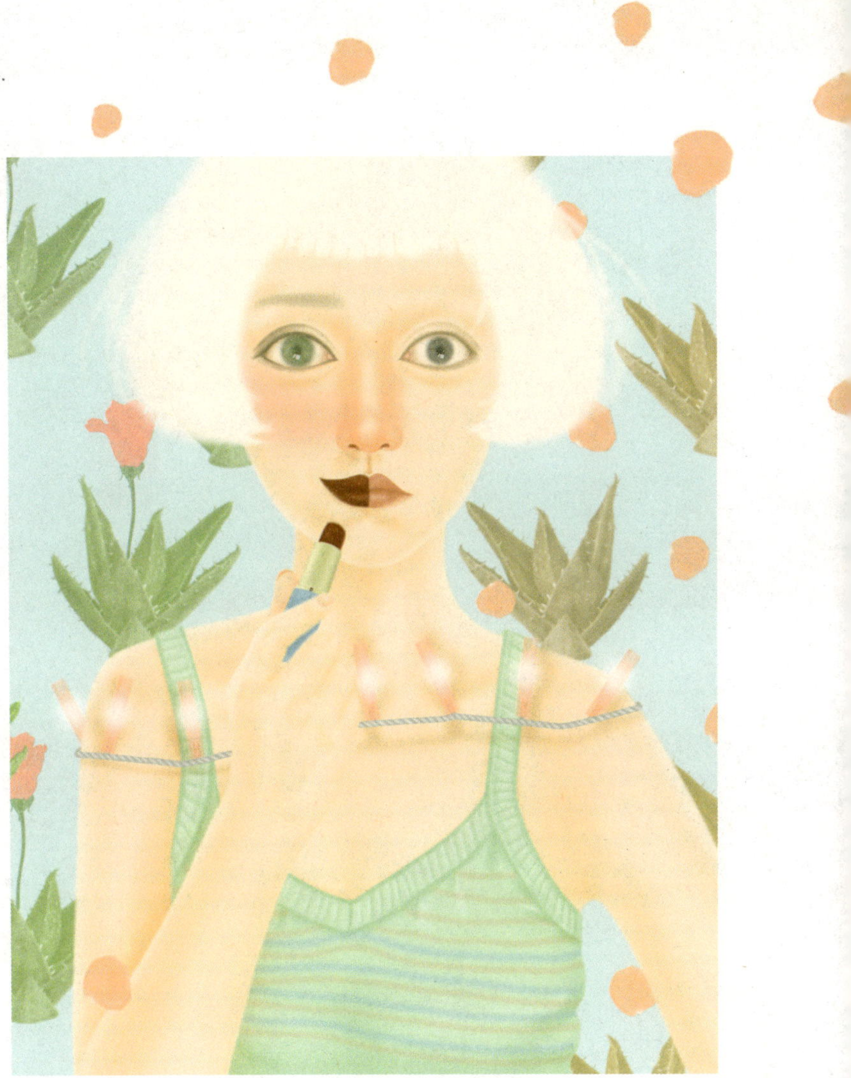

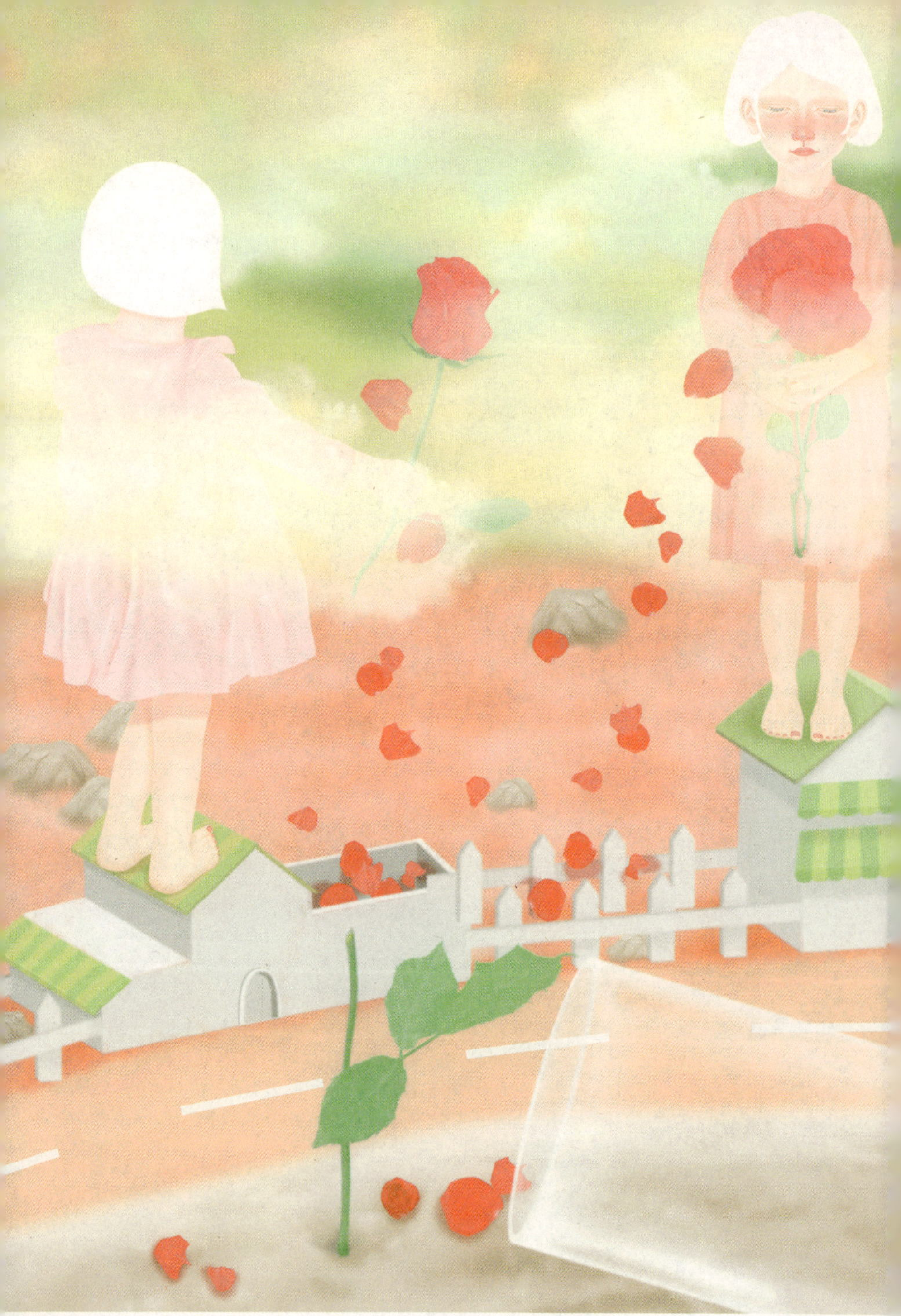

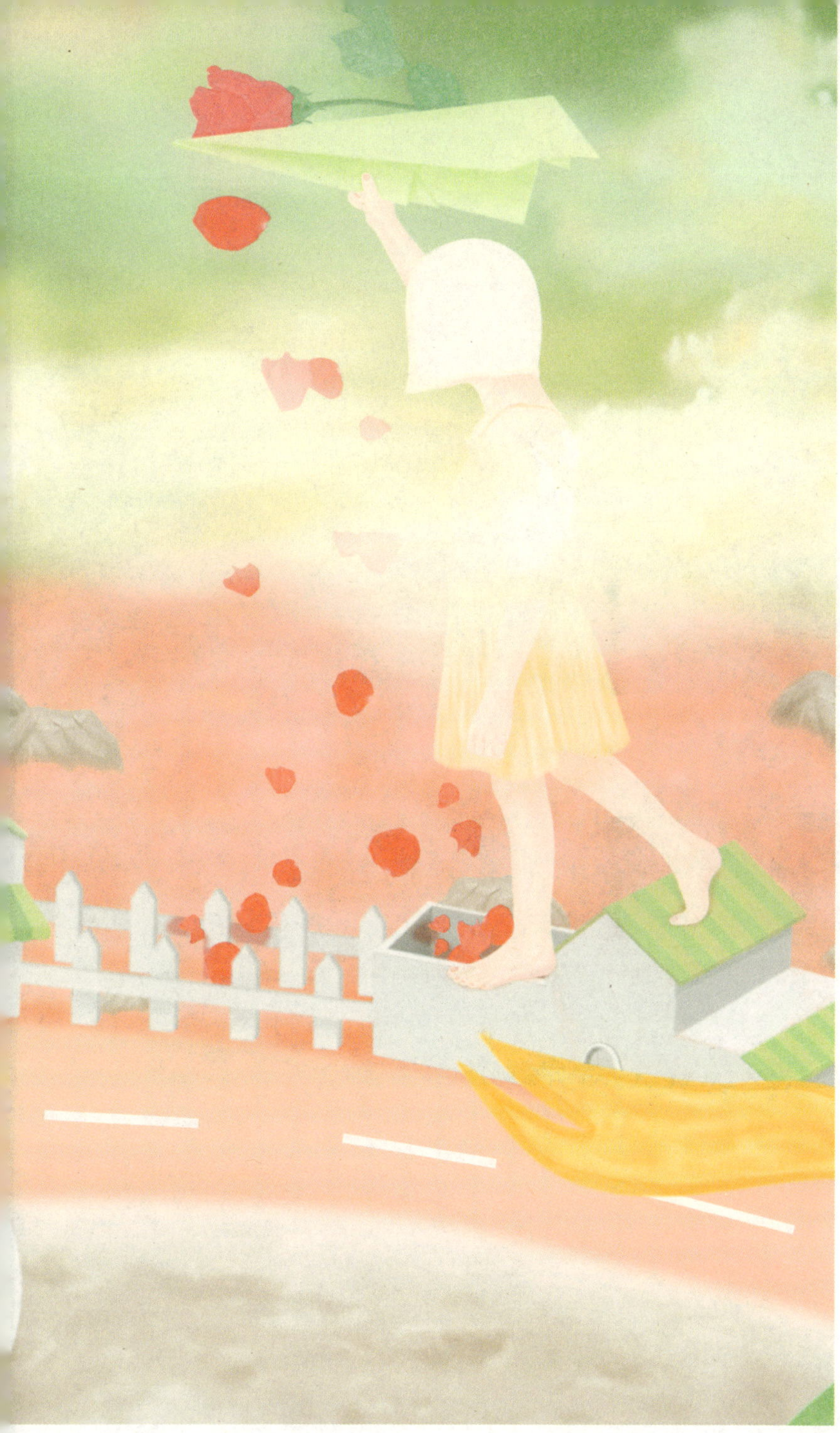

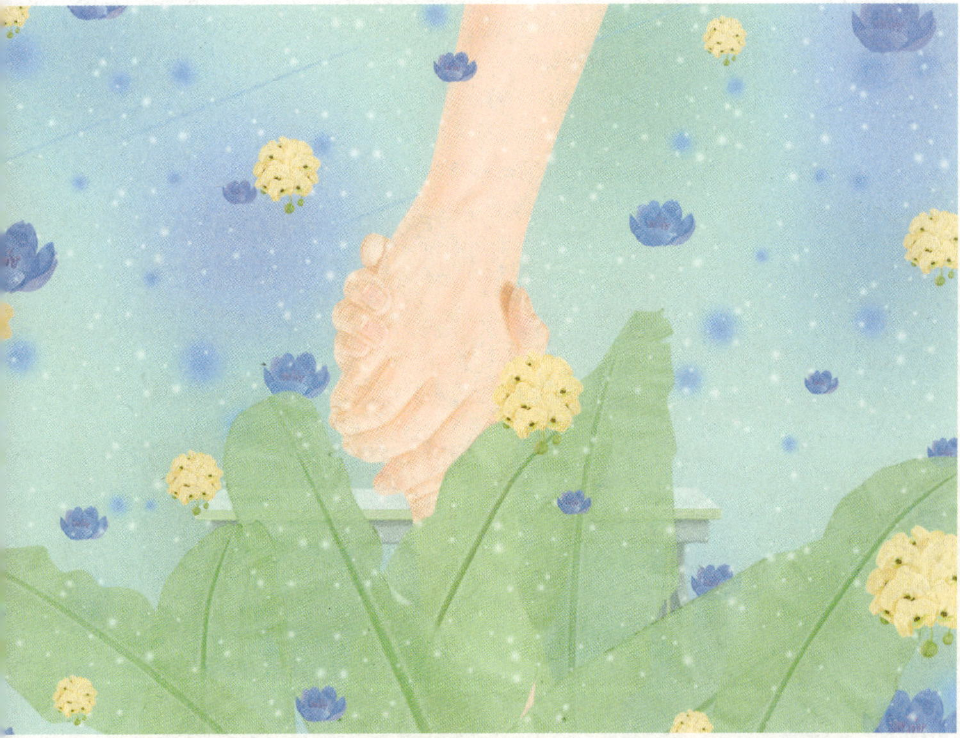

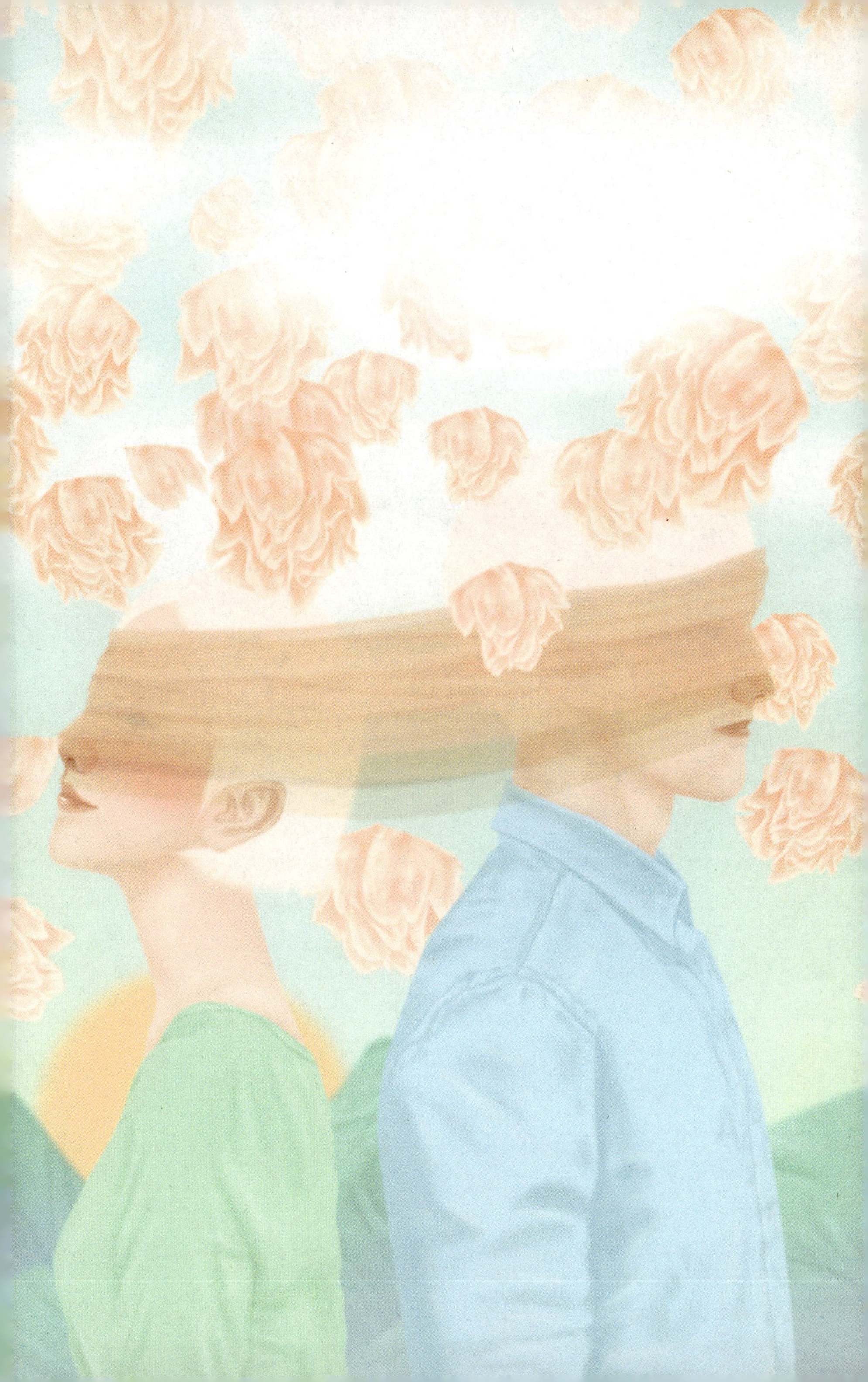

目录

Contents

自序 [1]

No.1 妆 [1]　　No.2 倒计时 [15]　　No.3 租借生活 [29]　　No.4 哆啦A梦去看雪 [47]

No.5 陌生女护工的来电 [67]　　No.6 情人眼里 [81]　　No.7 第二场爱情 [97]

No.8 算计 [109]　　No.9 无声爱情 [129]　　No.10 枕边人 [141]

No.11 时空邮差的情书 [155]　　No.12 最后的告白 [179]　　No.13 久违的爱人 [199]

No.14 重新遇见你 [215]　　No.15 充电男朋友 [231]

自 序

你有没有做过白日梦,想象自己是喜欢的剧情中的某个角色,或者如果有一天,拥有了特殊能力会怎样?

在现实生活中,我常常被朋友贴上"呆萌"的标签,很多时候在大家进入下一个话题后,突然冒一句上一个话题的疑问。其实是我在接收到一个信号时,自己天马行空绕了一圈,并非真的反射弧比较长。

你一定也有过开小差的时候吧,那么你就会懂。

遨游在脑洞里,时间似乎慢了下来。整个人像是小说里的大侠一样,想去哪儿一甩袖子就到了,想做什么一个念头就实现了。江湖剑影,穿梭时空,就在一念之间。

2010年,我担任某大型小说网站论坛版主,一开始我是奔着看小说的念头去的。久了,自己也写了起来。

如果你喜欢看小说喜欢看电视剧,你就会发现,很多作者都是半路出家。其中更有一些原本是读者,他们追坑追着追着因为各种原因,自己写了起来,原本只是为了满足自己对某些角色或剧情的幻想,随手发布,一旦勤于坚持,最后的结果就是演变到自己也惊叹不已。

除了脑子里快要溢出来的故事情节,还要有一腔热血,得以支撑由始至终地写完一段故事。

对某事物的热情,就像谈恋爱一样,你喜欢对方,你就会铆足了劲儿，拿出自己最好的状态，去讨好对方，说起全世界最动听的情话，去做能让彼此都愉悦的事情。写作也不例外。

我热爱写东西，爱到了骨子里。虽然我写稿慢，但如果连续一段时间不写，便觉得浑身不自在，觉得自己在虚度光阴，这一天又是浑浑噩噩的一天。相反，如果这一天我写了一个我很满意的故事，即便再晚，也有劲头再跋山涉水一番。

大学毕业以后，我迈入了求职队伍里。在焦头烂额里谋生，在收入和开销中，渐渐地忘记了第四餐——看书、写作。我们很多人离开校园后，都会无师自通地割舍这最后一餐。

一晃神，已经好几年没看过书没写过东西了。

直到2015年的某一天，偶遇当年论坛里的一个朋友，得知这些年他一直在坚持写书。我记下书名，偷偷地去阅读那些文字，其中的世界让我整夜失眠，我羡慕又嫉妒他在文字里的快乐和烦恼。

朋友说，真可惜你放弃了，如果你也在坚持……

对话框里最后一句话，停在这串省略号上。

那一刻我才恍然大悟——坚持才是最大的天赋。

重拿起笔，一切都是新的开始。

2016年元旦，首篇稿子发布于"ONE·一个"APP；2月，编辑找我谈影视版权；3月，一篇文章在微博、朋友圈疯转，位于微博热搜榜单第一名……

有朋友问我，是怎么一步到位突然爆发的？

我也不知道怎么回答，没有什么是一蹴而就的，我所有的阅历、所有的知识储备，还有我的脑洞和热爱，在我开始坚持以后，这条路就出来了。

我们经历过山川河海，我们走过声色犬马，我们看过聚散离合，我们每天经历的种种，哪怕不经意间的一个小小谎言，终究会成为日后的财富，往后你想要的，都能从中找到痕迹。

而对于写作者来说，这些都是素材。

我笔下的故事，大多裹着爱情的外衣。因为我始终认为，爱情的本质是美好的，无论我们经过多少年的进化，能让我们泪流满面地屡屡伤痛、屡屡回头的，只有这些情感，它在使我们的心变得柔软的那些原因里，永远永远有一席之地，不论你是谁。

但除了情感以外，我希望我笔下的故事，可以传达一些社会意义。无论我以什么方式书写，或刺痛或温情，我希望它能在你心里停留一会儿，多停留一会儿。我依然记得有一堆凌晨收到的私信里，有个读者朋友说他看完那个故事，冷汗直冒，连夜科普那种易见易被忽视的疾病。看到那些信息，我真的很开心，我想要的目的已经达到了。我想往后，他即使不会善待文章里提到的人群，也不会恶意为难吧！

没有伤害，已是向美好迈出的第一步了。

故事，记录下来，是为了什么呢？

往后的日子里，寻一个适合的时间，从中找到自己的影子，缅怀曾经。

那么，我们故事里见。

程安

2016.10.8

幸好
你没
嫁给他

No. 1

妆

/ 假 面 真 心

我每天都会化很久的妆。

我喜欢涂肤色的粉底，勾勒棕色的眉毛，再涂厚厚一层乌黑的睫毛膏，不在意它上扬的角度是否像洋娃娃，我只要保证它够黑够密。最后，再涂上我喜欢的口红。我有时候喜欢复古的大红色，有时候喜欢调皮的橘红色，或者其他新流行的颜色，除了裸色。

你看，这妆容很简单对不对，但依然需要两三个小时。可能我化妆的技术不好吧，经常会化不好卸掉重来。

今天的妆很顺利。头发黑亮，肤色健康，眉形很正，鼻子高挺，唇色生机。

我朝镜子一笑，拎起包。

距离上一次相亲已经很久了，但我相信这是最后一次。

对方是一名大学老师，教法律，在答应和他见面之前，我很仔细地翻看了他的微博、QQ、朋友圈，他平时的生活，不是健身就是和志同道合的朋友讨论法律新闻，他最近的几条朋友圈都是在力挺同性恋自由。在他表述的字眼里，我感觉，他是一个很正义很有社会责任感的人。

这也就是我愿意和他相亲的原因。妈妈说，有正义感的人不会太差。

我们约在一家西餐厅，隔着玻璃，他坐在靠窗的位置上，低头看着菜单，手指在内页上移动着。

看，他没有表现出一丝不耐烦。

我简单地理了理发型，推开餐厅门，收起大大的太阳伞，朝他走了过去，停在他面前，主动打招呼："莫老师，您好，我是小米。"

微露八颗牙,标准的空姐笑脸。这是博得好感的第一步骤。

他抬头看我,连忙站起来,椅子猛地发出往后移动的声音,他伸出手跟我握手,同时惊讶地打量着我,说,你好你好。然后招呼我坐下,喊了服务员过来点餐。

"小米,你看菜单,你喜欢吃什么?"

"莫老师,我一般都是自己做饭,不常在外吃饭,不如您帮我点好了。"微博上的恋爱达人分享过,相亲的人一般都是奔着结婚去的,这个时候你要表现出贤妻良母的品质,并且利用适当时机让对方拿主意。

男人都会喜欢这样的安排。

他指着菜单对我说:"这个可以吗?我猜你会喜欢。"

我微笑着点头,尽量让自己的声音娇羞得比较自然:"听您的。"其实我的视力不是很好,根本没看清他指的是哪一道菜。

果然,他表情开始放松,嘴角微微上扬。看得出,他对我的印象还不错。微博达人又说了,男人是视觉动物,会因为女人的外表而决定要不要交往,但是他们又是理性动物,会因为女人的内涵而决定可不可以结婚。那,接下来,我要让他对我有深入的了解。

可说什么好呢?我不懂法律啊。就在我有点急躁的时候,他点好了菜。我突然想起来,扮作倾听者的角色也是一种正确的选择。

于是我开始扮崇拜者。

"莫老师,我看了您最近的朋友圈,您是支持同性恋的。我觉得这点真的好难得啊。"

"这没什么，他们有自己的选择权，大家都说同性恋如何如何，其实他们只是小众化而已，假设说，如果这个世界上，同性恋是大众，那么我们这些异性恋就是不正常的。我特别反感用'不正常'来形容他们，你知道吗，这跟一个人身体上有某些方面的不健全一样，大家把这些人归类为残疾人。什么叫作残疾？"

我双手托腮，凝视着他，认真地做到让自己双眸含情。见他突然这么发问，我一愣："我不知道。"

他挠挠头："不好意思，我这样有点像对学生发问的样子。"

我想继续微笑着说没事，但一摇头，一缕阳光落进了眼眸里，顿时有点刺眼，我有些慌乱地拿手挡着眼睛。

又听一阵桌椅碰撞的声音，世界稍微暗淡了下来。他把我这一侧的窗帘拉起来了，等阳光都被阻挡在外，他才弯下腰问我："今天的阳光有点晃眼吧。没事，你把眼睛闭一会儿。"

我抬头看他的手一点点靠近，覆上我的眼睛。在这片小小的黑暗里，我很心安。他的掌心，微热，微潮，泛着一股烟草味。

也不知道这样的姿势我们保持了多久，他才松开手，坐到了对面。他没有拉那边的窗帘，阳光都倾到他身上，他好像戏本里的男主角一样，自带光芒。

我的心，就这样被击中了。

"嗯。谢谢。"

饭后，他约我看电影。在黑暗里，我主动牵起了他的手，一开始，他没反应，等我有些后悔自己如此唐突准备抽回手时，却被紧紧握住了，再没松开。一场电影下来，我们握着的手心里全是汗。他牵着我又去买了另一场电影的电影票。

我想去看第二场电影,但是妈妈的电话不合时宜地打进来,我只得和他告别,并约第二天相见。

回到家,我躺在浴缸里,仔细地卸妆。镜子里的我,在满满一缸的白色细腻泡沫里,很美,皮肤被映得白里有些透明。我捏了一下胳膊,很紧致,是年轻才有的胶原蛋白的紧致。我还很年轻,我的路还很长,我要享受这青春的美好。

虽然莫老师身高和我差不多,但是我可以不穿高跟鞋;

虽然莫老师比我大十岁,但我相信年纪大的人会疼人;

虽然莫老师离过婚还有一个孩子,但是我相信我会把他的孩子当成自己的;

虽然莫老师长得不好看,但是我真的不在意一个人的外表,真的。

我只想谈一场不会分手的恋爱,直到一同走过那条红地毯,喝上饮料代替的交杯酒。嗯,不!我结婚的时候,一定要用真酒。

自从那天以后,莫老师便频繁约我。每次出门前,我也很仔细地化着妆。不化妆不出门,是我的底线。

事实证明,我和莫老师也的确很合拍,我们在一起有说不完的话,而他眼睛里的光亮也越来越浓。有一天他告诉了我一些他的情况,包括工作收入经济情况。

我很开心,他在跟我交底。

最后,他吞吞吐吐地说,他结过婚有个孩子,而且孩子归他抚养。

我松了一口气。还好,他没有隐瞒我,而是选择了告诉我这些。那么，我的秘密，要现在告诉他吗？

"小米，我告诉你这些，是希望我们坦诚相待。"

有那么一瞬间，我差点说出我的秘密。可是脑海里瞬间闪过上一段相亲的结局。现在，还是太早了，我需要更多的承诺。我现在，不能说。

我依偎在他怀里，点着头："我很感谢你信任我。我会把你的孩子当成我自己的，真的。我也不会欺骗你……"他一把抱紧我，真的很用力。我感觉我的胸腔都要碎掉了，于是后半句"……虽然我会隐瞒一些事情"就这样被遏止在了喉咙里。

"谢谢你的理解，小米，你这么美丽善良，我不会辜负你的，就算你老了丑到没人要了我也不会离开你。"

即使丑到没人要也不离开。这真是最美的誓言了啊。我幸福地闭着眼睛，把头搁在他的肩膀上，身心一阵放松。感觉自己漂在水面上，温柔的浪花，还有适宜的温度，不会沉下去的浮力，如果这是沉沦，我愿意啊。

"今晚不要回去了好吗？"

这声音似蛊惑，我咬着嘴唇，紧张得说不出话。虽然心中也涌出一股暗流和一丝担心，但是我还是情不自禁地点了点头。

在漆黑的夜里，我感觉到自己燃成一团火焰。我想起了小学时候的初恋送我的那杯蜡烛灯，太漂亮以至于我一直不忍心点它。直到今天出门前，它还被擦得很干净，摆放在我的桌子上。

黑暗中，我在彼此的喘息里听到莫老师不停地重复着："小米，我会娶你的。"

再后来，被替代的是一阵惬意放松的打呼声。我把头依偎在他的胸膛,看着窗户的方向,屋子里一片黑暗,但是我的心里却一片光明。

渐渐地,屋内的格局变得开始可以辨别,光线一点点变亮。我轻手轻脚地下床,拿起自己的衣服,一一穿好,打开门,回家。

刚打开门,妈妈就紧张地从客厅的沙发上蹦起来,就在她要劈头盖脸地责怪之前,我说,我恋爱了,昨晚在男朋友那里过的夜。然后回房补觉。

醒来时,看到电话上一竖排的未接电话和短信,心里喜滋滋地给他发了一个信息:出门前我忘了和妈妈打招呼,怕她担心所以半夜回家了。

一分钟内他回复我:小米,我会对你负责的。

我们就像大学生一样一来一回地发着信息。我记得大学的时候,看着室友们这样对着一小片光亮按着手机直到迷迷糊糊睡去的样子,曾是多么羡慕,现在我也在体会着。虽然晚了点,但有胜于无。

午饭时,看着妈妈一副欲言又止的样子,我忍不住笑出声。她惨白着脸,小心翼翼地问道:"这个人,他……"

"他说要对我负责。"

她听完,先是惊讶,再是给我夹了一筷子菜,然后红肿着眼睛点着头,过了会儿,她试探地问:"什么时候,带给我看看?"

我点点头。

在之前,我相亲过九次,前八次死在第一眼,第九次死在第二天。

我不得不说,我之前的九次相亲失败的原因,是我没化妆。

对，是我的长相问题。因为我的长相，所有人看不到我相机里那么美丽的照片，听不到我唱歌时候的声音多么优美，也不明白我是怎么一步步拿到学校高分入学通知书却得不到留校机会时候的笑和泪。他们都不懂，也不想懂，他们的视线只会停留在电视里发着嗲的林志玲身上。

自从那次被大学室友拉去她的话剧团，替演了一个角色，我才开始明白，一切想要的，我要自己去争取，不然，就一直只是丑小鸭，虽然我也不喜欢白天鹅。那天化妆师帮我化了很久的妆，然后递给我一面镜子说，小米，你其实可以很美。

从那以后，我就开始笨拙地学习化妆。

然后开始了我的第十次相亲，和莫老师，没有见光死。

我和莫老师约好了时间见妈妈。

我给妈妈也化着妆，告诉她从今天起要时刻化妆，她看着镜子里的自己很开心，我不小心把腮红涂多了，她也没在意。我忍不住提醒她，别告诉莫老师我的病。

"你这孩子，这怎么是病呢？"

"不是病，为什么你从小到大那么担心我？"

"我只是怕你被欺负。"她嗫嚅着。

"那我为什么被亲生父亲抛弃了？还不是因为我和你，都有病。"

她不作声。

"但是没关系，莫老师说我不管什么样子，他都不会离开我，但是我现在还不敢冒险。所以，你要记着，不要说不该说的话。妈妈，你也想我能够幸福对不对？"

妈妈拿刷子把腮红晕开，点了点头。

莫老师拎着一堆礼品来的时候,我们已经做好了饭。他非常礼貌客气地和妈妈交谈,看得出来,他和妈妈相处得很愉快。

饭后,我们出去散步,边走边说。后来我的脚都酸了,他的话都没停下来。是谁说的,两个人在一起有说不完的话,其实就是一种幸福。我悄悄地挽住他的胳膊,他转身,亲吻着我。

鸟儿在电线杆上静悄悄地看着,像是一章音谱,我想,它能奏出穿白纱的那首曲子吧。

那天分别的时候,莫老师冷不丁地说了一句,"你妈妈人挺好,就是妆化得有点浓了。"

我心里一阵紧张,犹豫着不接话。

"小米,你爸爸呢?"

我从小是妈妈带大的。我并不愿意去谈论爸爸的事情,因为我自己都不知道爸爸是谁,我从小就没见过他,听妈妈说,他们并没有结婚,妈妈是意外有了我,当爸爸在妇产科看到我之后,就消失了。我长这么大,对他唯一的了解就是,他抛弃了我和妈妈。

但是我不想让莫老师知道我的家庭如此复杂,我编了个理由告诉他,我爸爸不知道有我,他和别人结婚组建了家庭。

"小米你知道吗,你可以告他!"莫老师激动了起来。开始和我谈论法律条例,似乎这是一个案例,但我更相信,他这是心疼我。

"小米,你别怕,我会对你负责的。"他再度拥紧我。

这是他第二次对我说这句话。

我以为这只是一段小插曲,并无大碍,但是我担心的事情还是来了。

"小米，我找到你爸爸的资料了。我会代表你去起诉他。你放心，我认识很多律师……"

我听不见后面的话，只觉得浑身冰凉，像是坐在冰面上玩的小孩，以为这只是一条宽宽的马路，却不想冰碎了，掉了下去，寒冷刺骨。

"莫老师，你在哪里？"

"我在家……"

"我去找你。"不等他开口就挂了电话，我拉开门往外跑，下了楼，听到一个女人一句"哎呀妈啊"的叫声，我才恍然惊觉自己没化妆。又折回去，化完妆，再急急忙忙赶到莫老师的家里。

我到的时候，他正拿着一沓资料在看。

我看到那资料上有一张照片，里面的人面容臃肿，秃顶，眼袋快垂到了鼻子上，皮肤黝黑，完全看不出哪里好。但我知道，那是我的亲生父亲。让我妈妈不顾千辛万苦生下我的我的父亲。我恨他抛弃了妈妈和我，更恨他让我来到这个世界。但是现在，不是恨这些的时候。

我一把抱住莫老师。

"我不想追究，我只想安静地过日子。你不要管这件事了好吗？"

我一遍遍地哀求着。直到他承诺不再追究，我才松开他。

"原本我做这件事，是想把你从你父母的手里捧过来，既然你这么要求，那我只好……"

说着，他单膝跪下，从口袋里掏出了一个盒子。

我瞬间明白了,为什么每个女人面对这一幕都情不自禁地要流眼泪,但是我不能流眼泪。我只能捂着嘴傻乐。

那晚,我没有回家。再度在漆黑的国度里,燃烧着自己的温度,与他,不分彼此。

接下来的日子,我们常常一起商量着结婚的细枝末节,有时候说着说着,两具身体就纠缠在了一起。只是,每次我都不会在他那里过夜。

有一天晚上,他眼神暧昧地想解我的衣带,我躲开了。

"莫老师,我有了。"

"啊?"他惊了一下,小心翼翼地把耳朵贴在我的肚皮上,像个孩子一样。末了,他说,"我们下个星期就结婚,不管那些细节了。小米,婚礼可能不那么完美了,你介意吗?"

我红着脸摇头。

回到家,我把消息告诉了妈妈,妈妈白着一张脸,并不开心。我不想听她接下来要说的话,没理她直接进屋关了门。傍晚时分,她来敲门,说莫老师来了。

我欣喜地出门迎接。

莫老师的脸色不对劲,接着他从口袋里掏出一个瓶子。我惊恐地往后退去,却不及他的力气大,妈妈意识到了什么,也赶紧过来拦他。但没拦住,他把那瓶液体倒在我脸上,用力涂抹。他睁大眼睛,用那只沾满了颜色的手指着我,激动地骂道:

"不要脸!"

妈妈拼命地捶打着他,质问:"你凭什么这么说我女儿?!"

"怪不得你爸爸不要你!"

他丢下这句话，走了。只留下那瓶——卸妆油。

我无力地滑倒在地板上。妈妈搂住我，哭着说："女儿不要怕，他就是个人渣。我们会遇到真心爱你的人的。"

妈妈，连人渣都不要我，凭什么好人家会要我呢？

何况，我肚子里还有一个孩子，他出生以后，是不是也要和我背负同样的命运？

除了小学，往后的时间里，我再也没有交到一个朋友，我再也没有谈过一场恋爱，我再也没有过一份工作。尽管，我知道我很优秀，大家也都知道我很优秀，但是他们更觉得我是怪胎。在这个世界上，你心灵再美，总还是有人只看你的外表，并以此来衡量你。

除了妈妈。

但是，她也是被世界抛弃的那个人啊。

"我去洗把脸。"我平静地起身，拿起蜡烛灯，朝卫生间走去，关门，往浴缸里放水。

我喜欢泡澡，我喜欢躺在一堆白色细腻的泡沫里，这会让我感觉自己像个人鱼公主。人鱼公主在她最美的时候，化成了泡沫，我也要在最美的时候，依偎在泡沫里，告诉自己，我已经没有期待了。

佛家说人死如灯灭，这灯会点多久呢？我把蜡烛点燃放到一边，拿起浴缸边缘的那枚刮眉刀，对准自己的动脉。

红色，好美，原来我的血液和正常人一样，多好，我留恋这一丝寻常的味道。

血液混在布满泡沫的水里，溢出了浴缸，朝地上滴答滴答落下去，门外传来妈妈拼命的砸门声。

不管了，什么都不想管了。

……

再度睁开眼睛的时候，我已经在医院里了。

我艰难地伸手去够床头柜上的手机，故意松动输血管，警报器响起了，但我不在乎，我专心地去翻看朋友圈，却发现格外空荡。

我刷起了微博，最新的一条上赫然贴着一张我素颜的照片，在刺眼的阳光下，我的皮肤和眼泪一样透明，我都不知道这张照片他是从哪里拿到的。上面还有一句话：

"这是我的一位朋友，因为受到社会的敌意而选择了自杀并身亡，在这里，莫老师呼吁大家一起关爱白化病人，他们也有尊严！"

仅此而已。

幸好

你 没

嫁 给 他

No. **2**

倒

计时

/ 我 是 你 的 守 护

1.

我拿起一瓶冷香水，朝空中随意喷几下，在洒下来的香水雾气里淋了几秒钟，准备出门去约会。

足足死缠烂打一个月，才获得和安妮约会的机会，我一定要好好表现自己。

我很满意地在屋子里转了一圈，难为我起那么早，总算收拾得干净整齐了：

玻璃茶几上有一对陶瓷杯具，放在木质软垫上，可以随时使用；沙发上随意地放着几本设计杂志，厚重的材质感和新鲜时尚的内页，能充分彰显我的高品位；刚好够两个人吃饭的餐桌上铺着方格子桌布，角边没有折痕地垂坠在椅子上方；一旁的开放式小厨房里的餐具一尘不染，冰箱里也塞得满满当当；靠窗边的双人床，也换上了新买的北欧风的小杉木图案四件套，铺得平整的被套里装着的是软蓬蓬的羽绒，非常暖和。

走到门口，换鞋子的间隙，无意识地拿起一个什么物件，随意瞄了一眼，上面显示着——

倒计时：4：00：00

2.

我的父亲是一名科研工作者，一直在国外，难得回来一次。一年前，他给我寄了一个小闹钟模样的东西，并发 E-mail 告诉我，那是个生命倒计时机器，只要靠近一个人，就会自动地显示出这个人剩余的寿命时间。结尾他幽默地告诉我，这跟"万艾可"的发明一样，是他花费了长时间研究，误打误撞的结果。

一开始，我觉得这并没有什么用，我全部的心思都用在怎么让安妮答应和我恋爱这件大事上，毕竟这影响着我下半生和下半身的幸福。

直到这个倒计时显示的数字吻合了几个人的死亡时间，我才觉得，老爸的科技不是闹着玩的，实在太严谨了，精确到了秒数。

但就在刚刚，倒计时显示我只剩下4小时的寿命了，并且这串数字正在不徐不疾地递减跳动着，我脑海里充斥着嘀嗒嘀嗒的声音，满满一屋子都是这种声音。对，就是那种大摆钟秒针的前进声，嘀——嗒——嘀——嗒。也许你看着秒针的瞬间，觉得慢悠悠，但一会儿工夫，它已经跑完一圈了，时针以你不易观察的速度配合着它移动，一天天一年年，就在这一声声嘀嗒里。

我盯着倒计时器，心里突然升起一片荒凉。我突然想起，有次倒计时器预测的某个人躺在医院里的场景，他紧闭着双眼，呼吸微弱，家属在床边围了一圈，安静地看着他，整个屋子里只听到点滴一滴一滴地掉落，就是我脑子里现在的这种嘀嗒嘀嗒声。

我和安妮约在3小时之后。为了给她留下良好的印象和美好的回忆，我打算提前出门，挑选一份礼物。礼物我都想好了，是一个设计师手工做的一条锁骨链，之前安妮在办公室表示过对这家手工品的喜爱，和对高价格的抱怨。如果我送给她，她一定会非常开心吧。之后再去一趟花店，几天前，我就已经订好了999朵香槟玫瑰。我打算饭后带着安妮兜风的时候，给她一个小惊喜。

这些事情都安排妥当之后，我还能提前半小时去餐厅，在憧憬中等她来。

然而，倒计时器上的数字由昨天的50年突然变成了现在的4

小时,我脑海里闪过一幅我夹起一口菜来不及吃就倒在汤盘子里失去心跳的画面。

那会是她一生的阴影,我死了也会羞于做鬼。

父亲是这个机器的发明者,他或许知道一些不为人知的规则。对,父亲肯定知道!我放下倒计时器,手忙脚乱地拨打了父亲的电话,询问他这个时间会不会有误差。电话那头他的声音传来:"孩子,这个是绝对不会有误差的,就在昨天我还拿它获得了好几个奖项,我已经申请了专利权……"

"可是——可是我有个朋友前几天触碰它的时候,显示的寿命还剩50年,但刚才突然就变成只剩下几小时了,这怎么回事?"

"这么说吧孩子,恐龙时代如果地球没有受到外力的撞击,那么恐龙就有可能活到现在。我发明的这个倒计时器,它能根据人周身自带的磁场,预感到未来发生的事情,所以会随着外界的危险改变数据。也就是说,数据是变化的,你这个朋友会遇到致命的危险。你让他小心点,或许待在家里不动能避免……"

后面的话我已经听不下去了,我盯着倒计时器的小屏幕,上面显示还有3:33:33,这是悲伤的意思吗?

这的确是个悲伤的故事。生命都没有了,我还去赴约吗?

就这样吧,给安妮留一个念想吧。我没力气脱鞋子,踩在好不容易拖干净的木地板上,摸到床边,倒了下去。

如果真的要死,那我想安静地独自死去,绝不能在安妮面前倒下。

想必,我是第一个放安妮鸽子的人,这样想来,也算是荣耀了。我把口袋里略微硌人的手机掏出来,扔到一边,看着天花板,等死。

或许因为前一夜过于兴奋，今天起得太早又劳累了许久，导致我的眼皮慢慢睁不开。在睡梦里不知不觉死去也挺好，我认命地闭上眼睛。

也不知道过了多久，我被电话的铃声惊醒。

我，还没死？还没到4小时？时间什么时候过得这么慢了？

电话在一旁固执地响着，是花店打来的，我记得花店老板是一个很年轻的女人。我接过电话，准备告诉她，那些花对我没用，送她了。

"先生您好，您之前预约早上10点过来取花，可是现在已经下午1点了，您是不是……"

下午1点？我猛地回过神，移开手机，上面的数字，的的确确是下午1点，怎么回事？

已经过去5小时了，我怎么还活着？我顾不得电话里的人说什么，把手机往旁边一扔，爬起来就往鞋架边跑去，被掉落的被子绊了一个跟头。我慌忙裹着被子往鞋架爬去，拿起倒计时器，上面赫然显示着——

倒计时：438000：23：33。

我足足盯着屏幕看了三分钟，像个小学生一样，笨拙地算着乘除法，直到确定——我的生命还剩下50年。

屋子里安静得只听得到花店老板的说话声，从躺在地上的手机话筒里轻微传来，甚至我还听到她抱怨了一句信号不好，然后挂断电话的声音。

什么情况？

我，不仅没死，还能正常地活很久？

倒计时 19

3.

电话又响起来了。

还是花店老板打来的,她的声音有些犹豫:"先生不好意思,这花,您什么时候来取?"

我看着倒计时器上的时间,既然我还活着,那就还按原计划吧,大不了费些口舌和安妮解释一下。我点点头,忙着应答:"当然,花你帮我备好,我半小时内到,对了,你帮我稍微喷点水,要保持——"

后面的话我说不下去了,因为我看到倒计时器上的时间只剩下2小时了。

又发生了什么?!

它到底是怎么变动的,到底是父亲的发明是个渣,还是我今天人品渣?

"好的先生,您还有其他要求吗?"

"没……没有了,那花不用费神了,送你吧。我不要了。"绝望再一次袭来,只能活这么一会儿了,还要花干吗。

我瘫在墙角,说完这句话,准备把倒计时器砸了的时候,发现时间又回到了50年。

心中一动,难道是——

"先生,我不太明白您的意思,我们店的花,都很新鲜的。"

"不好意思,我马上来取花。"

果然,倒计时器上的时间,又瞬间变成了2小时。

"好的。"电话那头嘘了长长一口气,隔着话筒我都听得非常清楚。

"不好意思小姐,因为出了一些意外,这花我不要了,你随意处理吧。不用再问我。"我说完这句话,瞄了一眼倒计时器,时间又变成了我还能再活50年。

原来我不会死,只是不能去花店啊。危险在花店,那么只要我不去不就可以避免了?"哈哈哈哈——"我不禁大笑起来。

"先生,花还要吗?先生——你脑子有病吗?"电话那头的人终于忍不住发飙,并挂断了电话。

我平时最受不得人家骂,但这会儿,我一点都不介意。她的骂声是那么悦耳,我忍不住亲吻了下手机屏。

不管了。我要给安妮打电话解释下今天的情况。

好在安妮那头也出了点小状况,因为遇到一个老同学聊得太嗨,忘了和我约会这件事。但是一时半会儿也赶不到,希望可以改成明天再约,时间、地点照旧。听着安妮在电话里不停地道歉,我有种劫后余生的感觉。

太好了,故事依然往一个美好的结局发展。我乐呵呵地脱下鞋子,鬼冢虎的线条,突然变得像一个张开的怀抱。我随手把倒计时器拿起来,准备放好,但是,血一冷。

倒计时器上的数字又戏剧化地定格在第二天。

原来,花店不是我最终的劫数,安妮才是。

爱情重要吗?

重要。

生命重要吗?

重要。

我选哪一个?在我不知道怎么避免未知的危险的情况下。

我喜欢安妮,其他女人对我来说只是将就。可是没有了生命,我同样也会失去她。

我只能再次给父亲打电话。或许我把事实说给他听，他会为了我，告诉我一些机密，有一些可行的办法避开危险，或者有办法预知是什么威胁。但是父亲沉默了好一会儿，只是再三恳求我放弃安妮，除此，别无他法。

"这不可能，我爱她，你要是想抱孙子，只会是她生的！"

"那我宁愿你做丁克。作为一名父亲，我只想你活着。"父亲在地球的另一边号啕大哭，骂我不孝。他已经快退休的年纪了，他理解并接受我迟迟不结婚，但不能忍受丧子之痛。甚至他威胁我，如果我死了，他也会立马跟随我去，只要我放弃冒这个险，他愿意提前退休，以后和我好好享受父子天伦。

和母亲离婚以后，我是他的全部，为了我，他远离家乡这么多年。是的，给我最好的一切，即使我很没出息地只是一名办公室员工，完全没有遗传他的优秀。我挂了电话。

夜幕来临，屋子里一片黑暗。我始终没想通。

我收到父亲的一条短信，他说：孩子，求你放弃明天赴约，或许以后，你还有机会和她在一起呢。生命存在，才会有其他可能。

或许，父亲说得对。只是不知道错过了这次，会不会也错过下次，甚至错过了尚在的可能。

我坐在地板上，拿着倒计时器，心里的天平在来回倾斜，看着屏幕上的数字来回跳动着，像一个中了病毒的程序、疯癫的舞者。

我就这样坐着，整夜未眠，直至天明，电话响起，安妮的声音传来。她问我在哪里，她已经提前到了餐厅。我看着倒计时器上一直不停歇跳动变化的数字，手机里传来父亲一条条的短信，像极了被差评淘宝店主发来的骚扰信息。我张了张嘴，却发不出声。我似乎看到电话那头，安妮打扮精致地坐在餐桌边补妆的样子，但是下一个瞬间，我又看到父亲一脸皱纹，满头白发，用布满血丝的双眼噙着泪水，看着躺在医院里没有温度的我的样子。

　　手机通话时间一点点地在变化，隐约听到安妮的声音有些不耐烦了，我伸手按了关机键。

　　世界最后一片声响是安妮的声音：你到底来不来——

　　我想睡一觉，或许醒来发现一切只是个梦。

　　一个月后，安妮交男朋友了，据说是当天她遇到的那位老同学。

　　我冲过去想拦下那个男人的表白，却在倒计时器跳动数字后停了下来。如果我死了，安妮不久后还是会答应他啊。我告诉自己。我如果出了意外，就一点希望都没有了。

　　一年后，安妮订婚了。

　　我在安妮看向我的时候，把倒计时器扔到了桌底，闭眼深呼吸三次，掏出藏在裤子口袋里的戒指，准备给她。可是满世界的嘀嗒嘀嗒声再次包围了我，我听不到那个男人究竟说了什么，我只看到安妮笑着点点头，把手指伸过去，让他戴上一枚小小的银色戒指，然后两个人在周围无声的掌声里，拥抱着。

　　我就像在看一场彩色的无声电影一样。

　　我弯下身，捡起那个倒计时器，悄悄地离开了。

　　半年后，安妮的婚礼如期举行了。

　　我和同事们坐一桌，一边八卦着谁喜欢过安妮，一边夹着菜咀嚼着。心里有个念头闪过，我一路守护到她结婚，其实也算是一个护花使者吧。

坐在我身边，挽着我的胳膊撒着娇让我给她夹菜的，是我的女朋友，一个刚毕业的大学生，素颜干净，皮肤细嫩，没有心机，看不懂我间歇的沉默。她很容易开心起来，一件衣服、一个包包都会让她破涕为笑。

不像安妮，那么别扭那么骄傲。

大家打趣地问我，什么时候喝我的喜酒。

身边的小女朋友笑嘻嘻地回答，快了，等孕吐反应好转一点就举行。

大家纷纷道喜，我才回过神来，她是什么时候有孩子的？

4.

听说安妮生孩子了。

听说安妮辞职当起了全职太太。

听说安妮的孩子要出国，她哭了很久。

听说安妮的孩子在国外结婚了。

听说安妮的老公去世了，她一个人变得更加矮小了。

有一次孩子在越洋电话里跟我说，爸，不然您去追求安妮阿姨吧，有个伴陪着您我也好放心。

妻子去世以后，孩子也去了国外留学，娶了个洋妞，定居了下来。这几年，保姆只负责每天过来打扫卫生、做饭，空荡荡的房子里只剩下我一个人，和我年轻的时候一样。唯一的区别是，当年是小房子，现在是大房子，但这只会更加证明我是一个多么孤单的人。

我也曾想过要再续前缘。

但是，被孩子这么直接地挑明心事，我有点恼怒，支支吾吾地训斥他乱说。

"爸，别隐瞒了。我以前不小心听到妈妈和爷爷的谈心……我知道您一直喜欢安妮阿姨。妈妈很爱您，只是装作不知道。以前我恨您，所以在妈妈走了以后选择出国，但是我现在明白了，我想，妈妈也希望您能幸福。"

"爸，豁出去一次吧。"

我放下电话，感慨留过洋的就是不一样，不仅放得开，还把我说得内心小鹿直撞。

我去找倒计时器，扭过头不想去看上面显示的还有多少时间，一个个拿起来，一股脑扔进垃圾袋，束好，赶着点扔进了垃圾桶。直到看到环卫工人把它们倒出来，运走，我突然有种全身心放松的感觉。

我朝马路对面的另一栋房子看去，不知道安妮这会儿有没有出门。她老公去世以后，我就把房子搬到了她对面的这栋小区。

我要回家打扮一下。我心里做了一个决定。

我对着镜子梳了梳头发，抹了点发蜡，虽然头发有些稀疏发灰，但是状态还是挺好的，算得上是一个帅气的小老头。我拿起保姆放在客厅里的那束香水百合，打开门走出去。

一路上，我都在想着要怎么跟安妮表白，草稿还没打好，我就看到安妮出现在一米开外，她抱着一束香槟玫瑰。

年轻时候的那场闹剧后，我添了钱跟花店签了协议，花店同意每月送一次香槟玫瑰到安妮家里。安妮老公去世以后，我跟花店重新签了协议，让她们通知安妮每个月去取一次花，以安妮老公生前遗愿的名义。一来，会让安妮觉得她还是被爱着的，女人嘛，不管多大，都觉得自己是一个小公主，需要爱护；二来，会让安妮愿意出门走动，这样，我也能多看看她。

我看着安妮低着头，停下脚步，慢慢把鼻子凑近花束，微笑着闻着花香，专注地沉浸在她的世界里。

她还是那么美啊！

真希望时间就这样定格，让我一个人独享她的美。

如果没有突然冲出来的那群人，这一切会不会像我幻想般美好？

突然从十字路口冲出来的那群人，个个拿着钢管砍刀，一边叫喊着一边迈腿跑着，也不知道谁在追赶谁。现在的年轻人啊，真浮躁，有什么事情不好解决，打起来，又没个准的。我摇摇头，却看到带头的那个人，在十字路口突然拐了个弯，朝我们这条路跑来。

突然冲出来的人影我看不清了，毕竟到了这个岁数，眼睛变得没那么管用了，但是那个人手里握着白闪闪的刀子晃得我眼疼。安妮听到声音回头，或许是没见过这阵势，被吓到了，她呆呆地站在路中间，不知道躲避。

白晃晃的一道阳光折射过来。

来不及思考，我往前跑了一步，把安妮往绿化带上用力一推，年纪大了，又不锻炼，胳膊都成了摆设，我感到手臂骨节有点疼。

看着安妮摔倒在地上，我忍不住要去扶起她，却被那把明晃晃的刀子插进了胸膛。

为首的小年轻吓了一跳，拔了刀子，把我往旁边一推，更加拼命地跑开，一会儿工夫，一群人就没影了。

年轻真好，步伐那么利索。

"你没事吧？"这是和安妮分手之后这么多年来，第一次听到安妮和我说话的声音，我的眼角有些湿润。

　　我看着安妮向我爬过来，她还是那么美，跟当年一样，虽然皱纹布满了她的脸，粉底盖不住那几颗褐色的老年斑，黑色发丝的根部躲开了染发膏，冒出了银色，她伸过来的手，皮裹了一层有点多余得往下坠，但是她的手心好暖。

　　她掏出手机，颤巍巍地拨打着报警电话。

　　我把沾着胸口血的香水百合，递到她怀里，心疼地看着她惊慌流泪的样子，很想告诉她，那掉落一旁的香槟玫瑰，一直都是我送的。

　　她放下手机，握着我的手，嘴一张一合地，不知道在说着些什么，我听不到。只听到了嘀嗒嘀嗒，那是我的心跳声，脉搏一分钟60次的撞击动作，也是爱一个人时候的心情。

　　好像，这个声音，并没有那么恐怖啊。

　　其实，收拾倒计时器那会儿，我还是忍不住瞄了一眼上面的数字。跟很多年前的预示一样，安妮依然是我的劫数，我没法避免，正如我没法做到不爱她一样。尽管，分手之后我们一直是陌路。有时候我也在想，如果时间能重来一次，我当年会怎么做。

　　"安妮，我一直很喜欢你。"

5.

　　朦胧中，仿佛回到50年前的那天，我带着那根手工锁骨链，打开装满香槟玫瑰的后备厢，她就像现在一样，接过我的花。然后我对她说着："安妮，我一直很喜欢你……"

　　真好，我并没有错过。

幸好你没嫁给他

No. 3

租借生活

/ 幸福的见证

我从没想过，我是如此不幸。

几个月之前，我发现妻子出轨了。

那是一个很偶然的早晨。由于前一夜和狐朋狗友们喝得太多，导致那晚我们所有人都在市里最贵的那家酒店开了房间。几个臭男人一边挤着进房间，一边喊着再喝一杯，结果一进房间全东倒西歪了。

幸好我是倒在沙发上的，睡得还算舒服。

我每天早上醒来非得去抽根烟才会老实地洗漱。平日里怕妻子吸二手烟对身体不好，故而一直在走廊上抽烟。

那天也不例外。

开门的瞬间，我的好兄弟老宋从对面的房间里走出来。好小子，够精，居然没和我们挤一屋。

我燃着打火机，站在门口冲他笑，他看着我，像是见到了鬼。下一瞬间，我觉得我见到了鬼。

老宋的背后传来一声"怎么呆住啦"，随即妻子那张妆容精致的脸从他腋下钻出来，她的手环在他身上，左手往他的裆口探去。

烟没点着。

妻子也看到了我，她的手一抖，猛地松开，她退回房里，"砰"的一声关死了房门。留着我们两个大老爷们儿在这条长长的走廊上对峙。

"王哥，你别气。"他先开的口。

"什么时候的事情？"我继续按着打火机，真奇怪，明明满满的汽油，却怎么也点不着。果然大排档里送的都不是什么好货。

"其实，我和晓蓉从大学时候就相爱了。只是没想到她嫁给了你。一年前的那次聚会上，你带她一起过来，我才发现这些年，我都还想着她。一开始，我们并没有打算……"

原来那么早就在一起了。手中的打火机终于冒出火苗了，却一个不稳落了下去。掉在厚厚的毛毯上，悄无声息。我打了个趔趄，脚下"啪啦"一声响，在这安静的走廊上，很清脆但刺耳。

看，它会点火能烧尽这栋楼又能怎样？没有人去点燃它，它不仅毫无攻击力，也没有防守力，任何一个人一脚就可以踩碎它。

就像婚姻一样。那个人心不在，你费多大力，都不及他人勾一勾小指头。

我没继续说什么，也不再看老宋。我只想离开这个地方，至少此刻我想好好静一静。

也不知道漫无目的地走了多久。也许是偶然，也许是心有期盼，我又路过了那家店铺。

那家店之所以醒目是因为前后的店铺都挂着闪闪发亮的霓虹灯牌子和投射灯，而它的门外一点动静都没有。其他店铺的门不管什么造型，大多都有玻璃门或玻璃橱窗，或多或少能看到里面，里面的灯光、摆设各有特色，借此吸引着人们走进去，但是那家店铺，没有玻璃橱窗也就算了，整扇门居然都是木质的，刷着蓝色的木漆，还画着几朵白云，有一只很大的黑色的鸟儿从其中一朵云里伸出脑袋——不知道是什么寓意，反正里面的光景是一点也看不见。

我第一次见到的时候就进去过，纯属好奇。

里面的装修很现代，典型的北欧风格，墙纸、吊灯等装饰都很现代化，但是桌子、椅子等摆件却又很复古，很破旧的那种复古，整个屋子萦绕着一股让人觉得阴冷的檀香味。我在原地转了一圈打量了一圈，整个店很空，除了桌椅上摆放着一堆又一堆书籍纸张外，没有其他多余的物品了。

但它却不是售卖书籍纸张的店铺。

吧台后面有一乱纸堆，上面睡着一位白胡子老头，他闭着眼，不紧不慢地揪起一些纸垫在脖子下，问："你要租什么样的生活？"

我曾多次不经意路过那家店，但是我再也没踏进去一次。

但冥冥之中总有一种可怕的想法，它在等着我。

那天我终于推门而入了。因为我没有退路了。

原本我打算和晓蓉离婚。既然他们相爱，不爱的那个人才是多余，那么我退出好了。也算是我为这份婚姻做出的最后一步让步，最后一次体谅。

但是我没有想到的是，他们的手段如此不留情面，做法如此不留余地。

晓蓉转移了我所有的财产，并售卖了我的房子。

那天早上一拨陌生人突然出现在我的卧室里，我们双方都吓了一跳。

我吓一跳是因为大白天居然有人拿着自家的钥匙开了一道又一道的门，最终走进了我的卧室。他们吓一跳是因为新买的房子里居然还躺着一个裸睡的男人，大大咧咧舒展在主卧的大床上。

我颤抖着，气急地拨打晓蓉的电话，却发现这个号码一直是关机状态。

东窗事发才几天，我居然连他们人都找不到了。他们到底预谋了多久？我在那拨陌生人同情的目光的注视下，极其不自在，穿戴整齐后就出去了。

能怎么样，他们手续齐全，该离开的人是我。

鬼使神差地，我又路过那家店。我不记得自己是怎么走过来的。我盯着白云里的那只黑鸟看，猜测着那是一只什么鸟，为什么要画成黑色的，骤然间门被拉开了，店主老头花白发浓的脑袋冒了出来，他笑着向我招手，鼻翼两侧的法令纹深得让我想起东非大裂谷。

"进来啊。"他继续招手，模样很滑稽。

我趴在吧台上，看着他钻到吧台后面，不知从哪里摸出一瓶酒，拧开，倒了一杯给我。

我接过来，嗅了嗅。没有任何气味。小说里的毒药都是无色无味的，不知道这杯是不是，如果是，就这样喝下去没有知觉，倒也不赖。

我端起杯子，却被老头拦住。

"这酒是为了庆祝新生，在交易成功之前，不可以喝。"

"你怎么认定今天我会跟你做这笔买卖？"

他保持着笑容，不说话，但很笃定。

好吧，我认了。

我今天就是想租别人的生活。

按照老头的契约，我可以租用任何人的生活，如果没有指定对象，可以指定一种生活模式，每次租期是一个月，代价是拿一年的生命交换，保证金是五年的时间冻结着。租期在签字那刻起生效，灵魂思维是自己的，身体也是自己的，但是在周围人的认知里，我已经取代了之前那个人。承租者不用了解出租者的太多过往，按自己喜好生活就好。

一年换一个月。不是走投无路，谁会做这笔买卖呢？

"我租老宋的生活。"

签完字，我立刻拿起杯子，点了点桌面，算是碰杯，一饮而尽。随即意识也渐渐模糊……

之前我还好奇，我要怎么过成老宋的生活。毕竟我都不知道去哪里找晓蓉和老宋。不料，我醒来一睁眼，就看到了晓蓉。她正一丝不挂地躺在我的怀里，我也是。我们就这样光着身体，以最原始的姿态，躺在一张大大的床上，晒着太阳。

是的，太阳。

房间四周都是落地窗，白色的一层纱质窗帘在随风轻舞，阳光透过玻璃窗毫不吝啬地射进来。我甚至能看到对面高楼上来来回回走动的人影。

我心里泛起一丝恶心。

我不在的时候，他们竟是这般淫乱。我看着玻璃，不说话，但也不敢声张，毕竟这不是我原本的人生，我有些心虚，虽然老头说不用在意。

"跟你说过多少回啦,不用担心,外面看不到这里。"她在我胸前画着小圈圈,轻轻地,若即若离,再看她的模样,眼神迷蒙,双唇嘟起——从前,晓蓉作为我的妻子时,从未这样风情过。

"这么贵,自然是有它的道理。"说着,她的身子像蛇一样下滑,湿漉漉的小舌头沿着我的肚脐往下,我感觉自己的身体瞬间被点燃……

我从来不知道晓蓉这么主动这么大胆这么……销魂。只是,她此刻对我越好,我心里就越难受。这些,都是给另一个男人的福利,从我这里夺走的待遇。

不知道真正的老宋此刻身在何处,又在做些什么。

"你爱过老王吗?"我摩挲着晓蓉光滑的背,停在腰窝附近,那里有一个小小的疤痕,是我初遇她那天,我跑得太急不小心撞到了她,她被那根断裂的柱子戳伤的。

那是我第一次遇见她,来不及看清她的容颜,就见她晕倒在我怀里。

她扑哧一笑。

"这个世界是很公平的,有我爱的人,自然有爱我的人。你好讨厌啦,为什么突然提到他?管他在国内是死是活。"

国内?

我眯着眼看向窗外,视线里的人们毛发的颜色、体格看上去是和我不一样。

怪不得我到处找不到他们,原来是躲到国外了。

呵,世界是公平的?

对,这个世界是能量守恒的。既然我出现在这里,替换了老宋,那么——这么一想,我心里突然涌出一丝兴奋。

"我们回去吧。"我提议,她疑惑地看着我,"你不想看看他过得有多惨吗?"

直到看到老宋蜷缩在街头,我才觉得,这一年换来的一个月,太值了。

不管什么出轨、背叛,也不管什么期限了,晓蓉此刻对我的态度,让我心动。她一直是我爱着的女人啊。

幸福的日子总是过得太快,就像一盒昂贵的巧克力,初看包装,觉得好大一份,等你拆开准备吃时,发现竟是寥寥几块,入口即化。一口一个,一盒转瞬即逝。

一个月的美好时光很快就要到期了。

最后一天,我起得很晚,抱着晓蓉在怀里,什么事也不想做,只想安静地待着。

就在我决意出门的那一刻,我听到卫生间里传来晓蓉的声音:"宋哥,记得回来给我带份水饺。"

宋哥。

差点忘了,我现在不是我。虽然是我取代了老宋的生活,但是在晓蓉看来,她日夜厮守的就是老宋。

如果我回到原来的生活,下一刻就要流落街头了,这并不可怕,当年我也是从街头一步步走出来的。但是我不甘心,这一切要被别人取代。而那个别人,他凭什么享受我打拼出来的一切?

我出了门,疯狂地把卡里的钱取出来,找了一个破旧的工厂,挖了一个小坑,把钱埋了起来。

按照租赁生活的契约,我能改变的只是身份,我改不了这个世界上既定的事实。万一哪天，我不得已回到了原本的生活里，我还能找到这些钱来用。我一定能东山再起，我要夺回属于我的一切。

埋好了一桶钱后，我又从附近移栽来了好多野草。做完这一切，我蹲在一边，狠狠地抽烟，直到夜幕降临，周遭一片寂静。

很好，这么久都没有人路过这里。

我在幽静的夜里，听着一步一步回荡着的脚步声，宽心离去。

零点之前，我走进了那家店。

只是没想到，改变竟是这么彻底。

一觉醒来，我发现自己正衣衫褴褛地睡在地下通道里，身下垫着几张旧报纸，我睁开眼，抹了一把脸，胡子拉碴，脸上油腻腻的，像是流浪很久的样子。

突然一只手伸过来，粗糙，发黄，比我还黄。那只手拿着一个方便袋，里面是一个面包。

一个温柔的女声在头顶响起："吃吧。"

我这才发觉肚子饿了，饿得生疼，怕是几天没进食了。

我一把接过，直起身，开始撕咬着面包，一口咽得太快，柔软的面包像是成了一根粗棍，堵在嗓子眼，我拼命地咽口水，脸涨得通红，但还是没心思顾其他，继续撕咬着。

饿的滋味，不好受。

女人温柔地说了声"慢点吃"就走了。

"你看那个人，是不是像那个二傻子？"

"哈哈，你别说，模样倒真像。"

无比熟悉的声音，伴随着一男一女的笑声，穿过走道，撞进我的耳朵。

我抬眼,刚扯下的一缕面包条挂在嘴边。

果然是他们。才一个夜晚,老宋就恢复了常态,他的臂上攀着一双白皙的胳膊——几小时之前,那对胳膊还挂在我的身上。

"晓蓉。"我吐掉嘴里的面包,伸手擦擦嘴角,站起身来。

她听到我的声音,往老宋怀里缩了缩,上下打量了我一眼,皱着眉,紧紧捂住了鼻子。

"老王啊。"老宋注意到我,伸手挡住我。

我看着他们的举动,低头看看自己,才发现,自己身上正散发着一股馊臭味。

他掏出一个钱包,我认得那个钱包,是半年前晓蓉送我的同款。他翻了好一会儿,从一堆红色里挑出一张绿色的钞票,朝我递来,我没接。他盯着我,突然放开手指,那张钞票打个转,落在我的脚下。

"晓蓉……"

"别过来,你好臭!"老宋拦住我,同时用力把我往后一推。

突然一个身影跑了过来,弯腰就要去捡那张钱。我要去阻拦,却不及对方动作快,手未伸出,对方已经握着纸币跑开了,跑了几步还回头朝我做了个鬼脸。

"你个废物,连乞丐都不如!"晓蓉说完这句话,朝我吐了口唾沫,就和老宋手挽手离开了。

我目送他们离去,无力地退到墙角,滑坐在地,刚刚的面包不知道被谁抢走了。

过了好一会儿,一只手伸到我面前,那是一杯牛奶。刚刚的女人又返回来了,这附近没有超市,能买到牛奶的地方,最少也要走上10分钟。她是特意为了我,买了这杯牛奶的吗?

"大兄弟,谁都有难的时候,你慢点喝啊。"说着,她起身要离开。

"你叫什么?"我忍不住追问。

她转头,莞尔一笑,答:"雷锋。"

我也笑了。

我端着牛奶,插进吸管,还没张嘴就被一旁的人抢了去。我没生气,拍拍屁股上的灰,去找那个老头。虽然我不知道现在在哪里,但是只要我心有欲念,找到他就不难。

"这回要租什么样的生活?"

"给我面包的女人的老公。"

"没问题。"老头哗哗写了几笔,把字据递给我,"来,签字。"

这次,我想要平淡的生活,真切的情感,没有背叛,不被伤害。

清晨,太阳还未升起,我被热醒了。吊扇在头顶呼呼地转着,风从上扫下来,却扇不掉那股燥热。

和我判断的没多大出入,那个递面包的手上长着茧的女人家境并不好。目测这是一户一居室,客厅即是卧室,一块旧得发白的灰色毛毯将这方天地隔成两块,我此刻躺的床不到一米五,我抬起脚,挑开帘子,里面那张小小的粉色床上睡着一个小小的女孩,那是女人刚上小学的女儿。

头转过来,很轻易就能看到厨房和卫生间的所在,不用猜也知道狭小简陋。室外的光线照在厨房里码得整整齐齐洗得干干净净的盘子上，那道白白的光线很柔和。

　　身边一阵轻微的动静，躺在身边的妻子刚翻了个身，一缕头发打到我的脸上，散发着洗发水的味道，我朝她靠去，彼此衣服上相同的洗衣粉味道，让我顿时又有了入睡的欲望。

　　很久，没这么纯粹的睡眠了。

　　日子过了几天，我感觉很踏实，没有以往那种飘忽的感觉了。虽然她家生活很清贫，但这的的确确是一个很温馨的家庭。

　　她做的饭菜味道很好，无论多么简单的材料，做出来都别有一番味道，让我惊喜的是，每道菜，居然都很对我的胃口。

　　她工资不多，但是每天都会往一个大大的玻璃罐里丢一些钱，每天这个时候，孩子也会朝里面放一枚硬币。我怕她起疑，偷偷问过孩子这笔钱是要用来干吗，孩子稚嫩的声音无比憧憬："妈妈说，这钱攒着年底给我们添新衣服啊。"

　　我看着她踮着脚在阳台上晒衣服的背影，心里闪过一丝心疼。多好的女人！

　　我记得，我埋过一笔钱。

　　但我又想起了晓蓉。不行，女人有了钱，就会变坏。我宁愿过得苦一点。

　　我咬咬牙，拿着烟盒去走廊上抽烟。

　　那个午后，走廊上摆满了一堆烟屁股。我把它们一一捡起，放到烟盒里，扔进了垃圾桶。忽听屋里喊了一声"老公吃饭啦"。

　　老公？是叫我的。以前，晓蓉从来都是喊我名字的。

　　孩子也挺争气，这次的期中考试，又是第一名。

我很开心,把她举过头顶,仰脸问她:"说,想要什么礼物,爸爸送你。"话音一落,心里闪过一丝很奇妙的感觉。

爸爸,我已经习惯自称爸爸了,我居然这么快就融入了这个家庭。

"我想吃肯德基。"女儿抱着我的脑袋,害羞地看着她妈妈。

我以为她会反对,毕竟我们每个月的收入除了必要的开支都所剩无几。却见她点着头,马尾在她后脑勺上下飞舞着。

我以为这个月,会很幸福平静地度过。

某天傍晚下班回来,看到妻子愁眉苦脸地蹲在门口,见我回来,她噙着泪,问我:"房东说要把这房子卖掉不租给我们了,怎么办?"

这么破旧的小房子,居然还是租的?

我惊讶地看着她擦着眼泪,絮絮叨叨。

原来这个房子,他们已经住了七八年了,早已经把这里当家了。

"你说我们能搬到哪里去呢?现在房租那么贵……"

"别哭。"我不知道怎么安慰她。

或许,我应该动那笔钱了。

但是我没想到,我差点掘地三尺了,却只看到一只空空的桶。

钱去哪里了?

我拿铁锹的木柄不停地敲着自己的脑袋,直到痛楚渐入麻痹,但依旧想不通到底发生了什么。

我再一次感受到了这个世界深深的恶意。

我那么看重家庭和朋友,却同时遭遇他们的背叛和落井下石。

这个妻子这么善良热爱生活,可是又能怎样,最后还不是被生活逼得无处可去。

我原本想帮她一把,却发现自己一无所有。

我自己才是那个最悲哀的人。这世上所有的人都不属于我,所有的温柔所有的关怀,都是我拿命换来的罢了。我不仅没钱,更没一处落脚点。

又是黑夜降临。

口袋里廉价的手机已经响了一遍又一遍,不停的振动让我的裤子都往下掉了几公分,我不得不走一会儿就提提裤子。但是我不想接电话。

我再想想,有没有办法。

最终,我还是带着一笔钱回去了,这笔钱,够付她把这个房子买下来的首付了。

夜晚,昏暗的灯光下,她惊恐地问我:"你哪里弄来这么多钱?"

"我前几天买了一张彩票,中了奖。"

女人就是好骗。她扑在我怀里,湿了我胸前一片。

晓蓉和老宋最终因为财产分割问题闹了矛盾,两人已经老死不相往来。很快地,晓蓉又傍上了一个大款,不巧的是,那个大款是我之前生意上的一个伙伴李先生。为了前途,我曾经的妻子,给了我一笔封口费。

但是我还得去弄到剩下的钱,光靠她,是没有办法支付每个月的房贷的。

这些，我自己知道就好。我看着怀里喜极而泣的妻子。

身边有这样的一个女人真好。只是，我不属于这里，不能继续霸占这么美好的人了。

既然我一无所有，那就让我游戏人间吧，在自己还有资本的时候。

我恋恋不舍，但没有人能够阻止时间的步伐。

我明明刻意地想避开这家店，但又不知不觉走进了大门。罢了，既然来了，就进去吧，权当和老头叙旧了，反正这是注定的，躲不了。

"来啦。"老头的口吻像是和老朋友打招呼似的。

"老板，你这里最厉害的回头客一共租过多少次啊？"

"最厉害的一直租到死啊。"

"这么夸张？"

"不夸张啊，这个世界上，想对某个东西上瘾，是再简单不过的事情了。"老头点了根烟，给我看了看空烟盒，摆摆手表示没法给我来一根。

"那如果契约期过了，没有回来终止这个租赁，会怎样？"

我随手拿起吧台上的酒瓶，想给自己倒一杯。

被老头拦住了，我讪讪地放下杯子，挤着笑容："我懂，只有交易才能喝。"

"没有归还租的身体的话，就扣除押金啊。"

"真的假的，有这么悬乎吗？"我心一抖。今天是这段生活的最后一天了。

租借生活

"哈哈哈。"老头又笑起来,他似乎太爱笑了,"你没觉得我比之前年轻了很多吗?"

他这么一说,我才认真地去端详他的脸,好像法令纹没那么深了,脸上依旧密布皱纹,但是明显比之前有光泽得多,脸颊和下巴也没之前那么下垂了,就连头发丝也多了一些黑色。

所以,押金扣除的 5 年,会移到他身上吗?

"我想租李先生的生活。"

"哦。"老头吐着烟圈,很淡定。

"你是不是觉得我上瘾了?"我笑着看着老板,他脸上的皱纹很深很深,像沟壑分明的枯树皮,但是眼睛里却没有半点浑浊,不知道是不是会比我看得更透彻呢。

"想过虚拟生活或醉生梦死的人太多。但是,你剩余的生命,应该不够押金了。"他指了指手表,时间刚刚过零点。这意味着,我逾期了,他——扣了我 5 年的押金。我看着他的面目又变得年轻了一些。

我就这样,在一分钟之内耗费了 5 年的生命?

我惊讶地张大嘴,我惊讶的不是他又变得年轻了,我惊讶的是他说的这番话。

这句话的每个字,都是最寻常不过的了,但是传到我耳朵里,却有些失真。租换一次身体,需要支付一年的生命,担保押金是 5 年,所以我竟然是 6 年的寿命也没有了吗?

既然如此,我得想办法非要租上李先生的生活不可,这样我就可以很轻松地拿到一笔可以全款买房子的钱,让那一居室里的妻女过上好日子。而且，如果……如果我成了李先生，就能享受最好的医疗待遇，说不定能争取多活几年吧。

但是我哪里去弄担保押金？

老板朝我耸耸肩，朝我后方看去，随即挤出一个浮在皱纹表面的微笑。

"吱呀——"门被推开了。

看来，是有新生意上门了。

正在我琢磨着要怎么才能说服老板让我租一次生活时，听到耳畔响起一个熟悉的声音："拿我的时间，给他做担保吧。"

我看着老板认真地开着一个个数据，随即妻子接过来，兀自认真地填着信息，满脑子尽是疑惑：她是怎么知道这家店的？怎么不用老头提示，却那么自如？

但她只顾签字，全程不看我一眼，也不和我说半句话。

直到又一声"吱呀"，妻子离开了。

"她是感激我给她钱，买下那个房子吗？"我问老头。

老头摇摇头，笑着对我说："她是你妻子啊。"

"什么意思？"我脑子一片空白，头隐隐作疼。

"她才是你现实中的妻子，你记忆里的其他生活，都是租来的。"老头收拾账目，摇摇头，声音像是从天边传来，"这世上，总有太多的人分不清自己的生活。"

幸好
你没
嫁给他

No. 4

哆啦Ａ梦

去看雪

/ 冬日的温暖

陆由恋爱了。

女孩答应他的那天下着雪，到处一片白。

陆由问女孩："你喜欢雪吗？"

女孩说："喜欢啊。但是我更喜欢东北的大雪。有一年过年啊，我和爸妈去东北旅行，哇，那漫天大雪……"

"我还没见过北国大雪呢。"

女孩头靠过来："现在交通这么方便，随时可以去啊。"

"那——去看一看东北的雪？"陆由的语气有些试探。

"好啊好啊。"女朋友鼓着掌，一副很雀跃的样子。

第二天，陆由失踪了。

陆由遇到小斯的时候，他刚结束一场背包之旅。

他从浙江出发，一路北上，到达北京后往西，在草原上，他遇上了另外几名准备进藏的背包客，话一投机，又跟着他们去了。等晒成了一个黑胖子后，他告别了一路上认识的朋友，往南赶，一路搭车回了杭州。

抵达客栈时，他已经和出门前判若两人了。他背着大大的旅行包，因为疲惫，垂头走着路，刚跨过客栈的前台没几步，就被身后蹿出来的一个人拉住了衣领。

"站住！"

陆由这会儿已经累得只想趴在他的床上，三天三夜不动弹，没想到有只力气很大的手拽得他没法挣脱——真的是没有一点眼力见儿啊。

到底是哪个不长眼的，才几天没见面就不认识了？他抬头准备发火,却发现一副新面孔。

"住宿?"对方在审问他。

"是的。"陆由眉一抬,扫了一眼眼前这个瘦瘦的马尾妹子,"你是谁?"

"我是新来的义工。"

"哦,我是旧但依然还管事的店长。"说着他拨开了妹子的手,朝自己的房间走去,再停一会儿,肩膀真的是要断了。

徒留妹子在身后张大了嘴,她半天才回过神来:"陆由不是一个白胖子吗?这黑漆漆的是变了色吗?基因变异得很有个性啊!"

妹子叫小斯,一名来自哈尔滨的义工。

当晚,她打算请店长陆由吃个饭拉拢下关系,以免被穿小鞋。但是等到晚饭的时辰过了,夜宵的时辰也过了,店里的客人都疯玩回来了,她也没见到陆由的身影。

她拉住一名男生问:"回来的那位店长呢?"

男生指了指房间,小声说:"还在睡觉呢。"

小斯再次惊呆了——他回来时店门才开,如今已经半夜了,居然还在睡。

胖子都是懒睡出来的。她开始对脑海里冒出来的这句话深信不疑。

而后几天,她也没能顺利地和陆由搭上话。

刚回来的陆由一会儿东一会儿西,行为十分诡异,像个幽灵似的,猜不透他下一秒在哪里干什么。好不容易见他在窗户边坐下来，正准备走过去，却听扑通一声，陆由竟然翻窗一跃，跳进了窗外那最为著名的荷花池里了。

小斯再次惊讶地张大了嘴——这个店长也太奇葩了吧，靠这个方式避暑吗？可是空调开得很足啊！

过了一会儿，陆由从水里冒出头喊着："快来几个人，一起把池子里的淤泥清一清。"

每一次小斯要找陆由，都会发现他能做出各种各样的举动来，而每一个举动都令自己惊讶，让自己忘了要去找他。

有时候，对于不是那么外向的人来说，人与人搭讪熟悉起来的最好阶段其实是刚相识那会儿，大家都不知道根底，随口说一句也不会暴露太多，形象也可以及时随心所欲地塑造。反倒是时间久了，陌生的隔阂就弥漫开来，再去熟稔就显得尴尬，做不到很自然。

小斯就是这种人。

她能在陌生的人群里，和大家打闹成一片，也常在彼此认识久了以后，见面尴尬得没法接一句话。

后来，小斯索性放弃了找陆由搭话的打算。每天做着义工分内的事情——登记客人信息，守着前台，吃饭，休息，守着前台，换岗睡觉。

日子如荷花池里的水一样，看着清澈，也没有一丝波澜。

有一天，她正如往常一样味如嚼蜡般咀嚼着嘴里的饭菜，听到有人说："是不是饭菜不合口啊？"

她正发呆，懒得移动视线。

然后陆由那大大黑黑的脑袋和脸就出现在她对面。

她继续发着呆。

"杭帮菜你吃不习惯吧?"

南北差异这么大,吃得习惯才是见鬼呢。小斯呆滞着点点头。

"走,我带你去换换口味。"

欸?这是什么情况?之前她各种想搭讪都不成功,这才放弃,他竟然主动找她了?

陆由带着小斯七拐八拐,一直绕着弯,让小斯走得胆战心惊,她心里有些发毛,不知道这个店长是不是意图不轨。就在她盘算着自己学的跆拳道够不够把陆由一脚踢飞的时候,听到陆由说:"到了,就是这里。"

毫不起眼的门面,坐落在一条毫不起眼的巷子里,路窄得小型私家车都开不了,路两旁净是一些估计种了没两年不知名的树,加上一些野花,在这雨后的正午,开得刚刚好。

要不是这家门前挂着的木牌上写着"东北私房菜",小斯都不知道这里竟然是一家餐馆。

木牌被铁丝钩在木杆上,风一吹,有些晃动,不禁让小斯想起了高中时候的午后,趴在课桌上,看着左上角心仪的男生一口一口地吃着饭,窗户在摇曳,那场景,让人昏昏欲睡……

陆由把菜单递给小斯,小斯看得直咽口水。先不说地域饮食的差异,就从口味上来说,杭帮菜实在是没有味道,清汤寡水让人食不下咽啊。

那顿饭,她吃得特别撑,筷子在盘子之间穿越,快准狠,毫不顾及女生的形象。

晚饭的时候，肠胃驱使她站到了陆由面前。正当她想着要怎么表达自己是个路痴时，就听陆由说："走吧。"

晚饭也撑得在自己的小床位上翻来覆去。她抚摸着圆鼓鼓的肚皮，告诉自己，明天一定不能吃多了，要减肥减肥。

睡梦里，她回到了故乡，回到了之前工作的地方。她还梦见了陆由，梦见他被一群人围着，讲述他路上的所见所闻……

往后的每一天，陆由都带着小斯去吃饭。有时候，遇到小斯值班，陆由便会走到前台，递给她一个拎袋。里面有两份菜两份饭。

小斯感激地朝他一笑。

却想在下一个瞬间一脚踢飞他。

"我见你饭量很大，所以特地让店家给你盛了两盒米饭，你看看够不够吃。"

小斯满脸黑线，却听陆由继续说，一脸纯良诚恳相："不够的话，下次三份米饭。"

他们两人的恋爱，谈得水到渠成。

认真算起来，自然是陆由主动的。

那天晚上，刚好轮到小斯休息。陆由说带她去看看西湖边上的音乐喷泉。

陆由算着时间，赶在喷泉开始之前，带着小斯，站在了最佳观赏位置。喷泉飞起来的时候，小斯随着人群一起尖叫。她觉得不过瘾，想把手当作喇叭围在嘴边的时候，却发现手上有阻力——陆由恰在那一瞬间牵起了她的手。

小斯便不喊了。

两个人在人群里，安静地看着一条条水柱变幻着形状，任手心被彼此的汗水浸湿。

恋爱里的人，心事藏不住。

很快，大家都知道他们恋爱了，大伙儿都吵着闹着要陆由发喜糖。

小斯笑着不说话，陆由傻笑了半天，竟真的跑去买糖果了。

草莓、菠萝、苹果、橙子，各种水果味道的，还有牛奶味道的，是给同事们的。至于那些造型可爱的软糖，他悄悄藏了起来——那是单独给小斯的。

只是，他没想到，糖果才拎回去，就撞见了客栈老板。

我们这个国度，大多数岗位都不允许员工之间有恋情，包括这家小小的客栈。

而当这件事真的发生了的时候，大多数领导采取的方式也都一样，保车弃卒——老板觉得义工多一个少一个无伤大雅，但是店长可以全身而退。

小斯低着头默认，陆由反对了。

"我走，她留。"

老板有些不耐烦："我给你加工资。"

"我只要求，她留。"陆由丝毫不退让。

"你再考虑考虑吧。"

老板有些伤脑筋，毕竟陆由是他好不容易挖来的。他来了之后，自己店里的业绩和口碑，以及各大网站的好评都成倍上升。但是呢，如果他一意孤行，人才也不是那么稀罕的物件。

哆啦A梦去看雪

晚上小斯给陆由发信息：我只是义工，来体验下南方的生活，你又何必呢？

很快陆由回了过来：你是我女朋友，你在我就在，你走了我也走。

房门紧闭熄了灯的寝室，黑漆漆的，只在每张床位靠近床头的地方有一小片光亮。

小斯看着手机上微弱的光，鼻子有些发酸。

这会儿，她好想冲出去扑在陆由怀里，撒娇也好，哭闹也好，只要那个人哄着她，就好。

老板执意原则问题不能改。

于是陆由便拉着小斯一起办理了辞职手续。

晚饭的时候，陆由问："我们一起走吗？"

小斯点点头。

陆由继续问："你有没有想去的地方？"

小斯乖巧地看着陆由发呆："你去哪里，我就去哪里。"

等小斯回过神来的时候，两个人已经到了四川。

小斯有些诧异："为什么来四川啊？这里也不能避暑，热死了好吗？"

"啊？热吗？我光想着你喜欢吃辣，就来了。"陆由走出机场，迎面一个大太阳咄咄逼人地蒸着大地，他骂了句脏话，"我×，这么热？"

两个人在四川的旅行轨迹特别简单——白天窝在酒店吹空

调点外卖,晚上出门吃夜宵喝啤酒。

几天下来,陆由感觉自己快喝吐了。他忘了小斯是一个东北妹子,酒量远远甩自己好几条街。

他原本是想微醺之下,可以更进一步发展的。结果,天天从地板上醒来,好几次发现自己趴着的地方,嘴附近的位置,还有一些呕吐的痕迹。

打那以后,他再也不敢拉着小斯喝酒了,不仅分分钟被秒杀,还伤肠胃和面子啊。

他们在四川玩了一圈,小斯提议:"我们把身上的钱都花完吧。"

陆由用仅剩的一丝理智挣扎着:"花完了我们吃啥啊?"

小斯把双手围在嘴边,当作喇叭,朝大山里喊:"你不是说再不疯狂我们就老了吗?"

这是陆由的经典名言。只是小斯不知道,这是陆由遇到她之前搭讪妹子的经典名言。

于是他们洒脱到疯。

直到身上只剩下够买两张火车票的钱。

"胖子,我们现在去哪里?"

"我去哪里,你就去哪里吗?"

"嗯。"

陆由带着小斯又回到了江浙沪包邮地区。只是,不是杭州,而是一个水乡古镇。

在那里,有一家客栈的老板,正等着他们。

这家客栈规模较杭州那家小很多，所以规则没那么死，老板表示只要陆由当店长就行了，然后就放心大胆地出国去了。

小斯眼睛闪光地看着陆由，给了他一个大大的拥抱。

陆由笑得下巴抖啊抖。

夜晚，两人坐在屋后的小河边的台阶上，脚搁水里乘凉。小斯给陆由讲着北国的人文风景，陆由则隔几秒喷一下花露水，"噗——"的声音围绕在周围，搭建了一个小小的安全屏障。

后来，小斯都快睡着了，她依偎在陆由怀里，迷迷糊糊地问："小陆啊，你理想中的生活，是一直奔波在路上吗？"陆由说了什么，她听得迷迷糊糊，头一点，就进入了梦乡。

陆由把花露水塞进口袋，打横抱起小斯，往他们的房间走。

光着脚，在青石地板上踩出一个个脚印。

陆由奔波在各家客栈之间，只是一个过程，他热爱青旅文化，最终的目标是拥有一家属于他自己的客栈，或者说，属于他和小斯的温暖地。

古镇的日子，过得很慢。不是旺季的时候，一天的开始和结束，都是看着太阳来的。太阳光洒到房间了，开门，天黑了，关门，一堆人坐在屋子里打牌、聊天、唱歌、喝酒。

每到晚上10点，他关照义工看店，自己骑着小电驴去古镇的另一头接小斯。

小斯没有待在这家店当义工。青旅生活，她已经体验过了，相比之下她更好奇其他的——对于爱好，女生们常常是凭心而来——她现在在一家很民族风的裙子店里打工。

回到客栈后，陆由就又去忙了。有时候闲了，他就穿过门前的拱桥，去对面买个大份馄饨当作两人的夜宵，有时候还会去卖棉花糖的店铺，摇一个草莓味的棉花糖给小斯带回来。小斯则抱着一只猫，窝在角落的沙发里，上着网，买着猫食，顺便给陆由买双袜子。

日子，就像在午后阳光正好的树荫下午睡一样，那么恬静。

古镇待久了，日子过得其实也很快，一条乌篷船从河东往河西几个来回，这一天的营业时间就到点了，一曲咿呀咿呀的戏曲中，这一天就翻篇了，一段人来人往挤得人满为患的时间一过，这个旺季就过去了。

淡季来临的时候，店里一拨又一拨地住进了一批好朋友。大多数是陆由的朋友，他们一起喝酒唱歌，直到天明。

也有少数是小斯的朋友。

小斯的朋友基本上都带着猫猫狗狗来，大家窝在一起聊着铲屎官的笑料。陆由也搞不懂他们那么大老远地为什么带一只宠物去旅行，就像很多女孩子不懂为什么很多男生经常一包烟就过了一个夜晚。

这是个热闹的年代，所有的感情就像外卖一样，招之即来。但这也是个孤独的年代，所有的东西，都会转瞬即逝。天长地久的，只会是记忆里失去的那些。

水快结冰的时候，陆由的爸妈来了。

他们得知陆由恋爱了，特地偷偷跑过来，想看看未来儿媳妇是什么样的。

他们到达的时候，义工刚好临时请假去玩了，陆由在屋后收被单。调休的小斯，坐在前台，玩着《连连看》打发时间。

衣着简单 —— 说明消费观审美观不奇葩。

清汤挂面，一束马尾 —— 看来还是挺单纯不那么世故。

沉默少言，不温不火 —— 想必日后不会动不动就吵架。

高高瘦瘦 —— 外形很好。

几乎满分。陆由的爸妈对儿子的眼光很是赞赏。

小斯抱着猫，问："你们住几晚呢？"

"你帮我先登记一晚吧。"

"好的。小陆 —— 有客人了，快来登记。"

那晚客栈里没客人入住，就他们四人，场景看起来特别像一家人。围炉而坐，木炭闪着红光，锅里的白菜粉丝丸子在汤汁里轻轻翻动。就差一起举杯说新年快乐了。

陆由恍惚间，觉得一辈子似乎就在这一刻。

老妈问小斯是哪里人的时候，陆由没反应过来。

"哈尔滨。"

刚刚夹住的丸子，从筷子上滚落到桌子上来。陆由妈妈看了看老公，又看了看陆由，不动声色地捡起那颗丸子，塞进嘴里，模糊不清地问："你家里有兄弟姐妹吗？"

"我是独生女呢。"

之后的时间，大家吃得很安静。

洗漱也很安静。陆由想拉着爸妈一起看看电视，被爸妈以奔波一天疲劳为由拒绝了。

他们上楼去休息了。

陆由和小斯窝在大厅的前台看剧。陆由翻开账本，开始整理一天的收益和开支，把爸妈的身份证号填进表格里，从自己的钱包里拿出几张钞票放进了收银台的小柜子里。

小斯问:"今晚还会有客人吗?"

陆由摇着头:"应该不会有了。"

淡季好冷清啊,真想冬天早点过去。

小斯打了一个哈欠,靠着陆由肩膀,眯着眼盯着电脑屏幕。

"小陆,我们会结婚吗?"

其实陆由是挣扎过的。

好长时间里他都拉黑着父母,频繁的吵架让他很累。突然间所有的亲人都似乎格外地关心起自己来,纷纷联系自己,让他回家相亲,找一个知根知底、离家很近的女孩子,就连最亲爱的爷爷也说:"这么远,算了吧。"

这个冬天,格外冷。

如果,爱情的自言自语道不是因为不爱,而是因为路途,该是一件多么荒唐却又现实的事情啊。

他没敢和小斯说这些,小斯也一如既往地安静地上班、下班、吃饭、看剧、睡觉。

他想,再拖一拖吧,或许……

只是他不知道,女孩的直觉往往特别准,看事情又特别细致。

小年夜前一天,陆由一觉睡醒,发现身边空荡荡的,心里一阵慌。他揉着眼睛爬起来,像是心灵感应一般,朝门口走去,门外的寒风冷不丁地吹过来,落在只穿了睡衣的陆由身上。

小斯拎着收拾好的箱子,站在门口。

哆啦A梦去看雪   59

"怎么不睡啦?"他走上前,拿过箱子。

小斯没动。

"我要回家去了。"

"还没睡醒呢。"陆由笑着捏了捏小斯的脸蛋,对方没有动容。

大门敞开着,屋外竟然很亮。

元旦后,西塘下了一场大雪。

四下无人,各家各户也都关着门,从窗棂缝里隐隐钻出的古镇风小曲,证明它们还在营业。

陆由坐在前台一笔一笔地盘着账,算着算着就发起了呆,到最后,索性搬起一个小凳子,坐到玻璃门边。

不远处的拱桥,透过玻璃门的过滤,看起来像是冰雕的一样。两旁的杨柳枝丫成了一条条白棍,不知道有几分像东北的雾凇,它们弯曲着,守护着没有船只的流水。

旺季不知道什么时候来。

他想小斯了。

他掏出手机,捣鼓了半天,发了一条信息:

北方严寒,你愿来南方过冬吗?

他盯着手机看了半晌,没有动静。他看了看窗外,缩了缩脖子,自言自语道:"其实,南方的冬天也很冷。"

不久手机收到一条回复:北方有大雪,也有地暖。

"南方的风景,你才看了一个江浙沪包邮呢。"

陆由迟疑了很久,发了出去。他想起他们在四川的时候,两个人躺在草地上构想着未来——

"我想看遍南方的风景。"

"我陪你去。"

"看完后,我想回北方。"

"我陪你去。"

"真的?"

……

那年冬天,陆由没有回家过年,一个人守在客栈里,吃着冰箱里的饺子——那还是小斯亲手擀的面皮,也不知道还能不能吃了。

他吃到一个韭菜馅的,也许是没有煮熟,有点辣,呛得喉咙有些疼,一个喷嚏间,眼泪就下来了。

第二年,在家人的帮助下,他开了一家属于自己的客栈。

同时也谈了一个新女朋友。

在国企上班,安静,瘦小,马尾高高束起,清汤挂面。

那年初雪,两人在炸鸡店里,就着啤酒吃炸鸡,陆由问女孩:"你喜欢雪吗?"

女孩说:"喜欢啊。但是我更喜欢东北的大雪。有一年过年啊,我和爸妈去东北旅行,哇,那漫天大雪……"

"我还没见过北国大雪呢。"

女孩头靠过来:"现在交通这么方便,随时可以去啊。"

"那——去看一看东北的雪?"陆由的语气有些试探。

"好啊好啊。"女朋友鼓着掌,一副很雀跃的样子。

那天,他送女孩回家后,呆立在窗前,看着窗外的雪,突然就想去更冷一点的地方。

他收拾了下行李,和店里的义工交代了几句,拖着一个箱子走了。几小时后,他在白皑皑的世界里,浑身发抖,牙齿都没知觉了。

视线里一片白,晃眼,刺得眼睛忍不住流出一股滚烫的眼泪来。他赶紧擦干了,不知道是怕结冰了还是怕被人看到。

我来东北了。

陆由在心里默念。

到了落脚处洗了一个热水澡后,他戴着大大的帽子,把自己裹得严严实实就出门了。

找小斯,是一件很顺利的事情。

小斯回到了之前那家公司。知道那个地址不难,小斯曾经用他的淘宝给同事寄过东西,他一直没删那个地址。他总觉得,这是小斯刻意提供的一条线索。

陆由躲在旅行社对面的理发店,一直盯着看。老板烦了要赶他。他于是开始理发。

理完发后,他开始染发。然后,他开始烫发。那么短的头发还要烫,让理发师为难得想操椅子砸他。

这一天,时间过得太快。平时里,觉得剪头发都那么慢。

直到大街上人开始多了起来,小斯拉开大门,戴着帽子围巾,从里面走了出来。

厚厚的帽子,挡住了她半张脸,但是他还是一眼认出了她。

她安静地从他面前走过,缩着脖子搓着手,在雪地上留下一排脚印。脚印被其他的人踩乱,再被雪抚平。

他没有站出来。他怕。

相认了，又能怎么样呢？

终于天黑无人了。他走到小斯公司门口，从包里掏出一个盒子，打开盖子，里面是一只公仔，那是一个胖胖的哆啦A梦——是小斯送他的。小斯曾经说，你如果是真的哆啦A梦就好了，这样我有了你的口袋，就有了全世界。

我应该做不了你的哆啦A梦了，对不起。

陆由放下哆啦A梦，抓了几把雪，放进盒子里，盖好，抱在怀里就往火车站赶去。他给自己买了当天返回的车票，他怕自己会情不自禁，破坏了现在的平静。

和走时一样，陆由归来时也一声不吭。

女朋友坐在客栈的前台，一见他回来，就冲过去，问他："你去哪里了？"

"哈尔滨。"他没有隐瞒。女朋友也不再追问。

陆由打开旅行包，一层层拆着包装纸。每拆一层，女朋友的眼睛就亮一些。

她不知道，这每一层包装纸，都是小斯曾经喜欢的花色的礼品纸。

拆了几层后，里面出现一个泡沫盒子，就是寻常快递用来防摔或者保温的泡沫盒子。陆由刚好拆开，女朋友迫不及待地伸手打开了——里面是一个方形的玻璃盒子，盒子里装着半盒子水，透明，没有什么异常之处。

女朋友疑惑地看着陆由。她不知道，这算哪门子礼物。

"这是我从东北带回来的雪花。"陆由打开盒子,伸手去触摸,里面的雪早在车子上的空调温度下融化了,已没有一丝寒气。

"你是特地去东北给我带回来的吗?"

陆由看着雪水,他其实是为了自己带回来的。

"我不管,下次你不许一个人去,你得带着我一起,我们一起堆一个雪人啊,然后雕一个我们的样子的冰雕,就放在那雪地里,不要带回来,因为这样,它们会存在得更长久一些。"

女朋友靠了过来,他搂着她。

陆由心想,小斯,我去看过北方的雪了,我没法把它带过来,正如你一样。我们都要好好地珍惜身边能带着的人。

他把手机搁桌上,牵着女朋友朝屋外走去。

"外面现在就可以堆雪人啊,虽然可能很小。"

只是他不知道,女朋友的口袋里,此时正放着一封邮戳是哈尔滨的信。

小陆,你知道吗?

我们在杭州相遇相识相爱,这不是偶然。或许对你来说是。

我不知道你是否记得,去年你在北京的一个小插曲。那天我刚好出差去北京。从哈尔滨到北京,不远。我每个月都会去几次,但是从来没有好好逛逛,我的工作太忙。对了,一直没告诉你,我当时的收入是古镇里远远不能比的。那天我弄砸了一件事,闲着无聊散步到那家青旅,本来只是想自拍几张照片发朋友圈的。

然后我看到了你。

一个背着大大包裹的小胖子,那个时候你还没去西藏,还很白。你一进门，就跑去和前台交谈，从包里拿出一大叠明信片，好像是说互相换对方店里的明信片，达成联盟，可以互相推荐给游客。

我以为你是附近城市的，没想到你从杭州那么远的地方来。再后来，你们就不停地聊着旅行路上的所见所闻，笑得一张脸都胖嘟嘟地皱在一起了。我就在角落里偷听着，外面的世界，在你的描述中，是那么美，让我无比向往。

你走后，我做了两件事。

第一件事是上网查了一家青旅的员工的工资待遇，我吓一跳，我以为那么远而来，一定收入非常可观吧。我向前台要了一张你留下的明信片，知道了你那家客栈的地址。

一个人喜欢一个工作，无非两种原因：工资高或热爱。

我很久没有热爱一件事物或者一个人了。那么，就让我去一次性地体验下吧。

第二件事就是辞职。我一路南下，是为了去找你。想把一份感情寄居在你的身上，随你一起感受疲惫之外的世界。

只是最后，我是真的爱上了你。

小陆，这一次可以换你北上吗？

桌子上的手机屏突然亮了，一个蓝胖子头像出现在一串号码上方，在桌子上轻微地振动着。

哆啦A梦去看雪　　65

幸好
你没
嫁给他

No. 5

陌 生

女护工的来电

／风霜与美好，我都陪你

最近老是接到一个陌生号码的来电。

每次接通,都没有人说话,通过电波传来几秒嘈杂声,然后挂断。

你要说是诈骗电话,但对方一句话都没说,更别说一套又一套的骗术了;要说是骚扰电话,偏偏它每次打来的时间又很正常,最晚没超过晚上9点,最早也在上午10点左右。频率不高不低,每天早晚各一次。

这个时代的我们从来不会漏接电话,似乎每一个电话都很重要,错过了就等于错过了一个亿。无聊到极致的我,有时候甚至希望对方说一句话,哪怕是个骗子也好。

没想到,有一天电话那头终于说话了。

那是一周以后。

"请问,你是安妮吗?"话筒里是一个很年轻的女声,很甜,夹着一丝疲惫。

我刚应声肯定,就听到话筒那边传来一声响,听着像是有什么东西摔在地板上,我甚至感觉到,那是塑料小碗掉在木质地板上的声音,还随着惯性在地板上弹了几下。随即,电话再次被挂断。

太没礼貌了!

我看着那串陌生的号码,忍不住打过去。然而听到的只是一声又一声的"嘟——",拖着长长的尾音,直到机械的客服说无人接听。

难道又是打错了吗?可如果是打错了,怎么会知道我的名字呢？我正想着要不要发个短信或者再拨个电话时，看到了QQ上人事截图过来的一个小表格，那是我的工资单。

接着工作群里又发来一串任务，我揉揉头发，拿起桌子上的茶叶罐，抓了一大把桐城小花到杯子里，去接开水。

要准备干活了，这注定又是一个加班日。

工作总是很繁重又无趣至极，且毫无意义。总觉得三线城市的很多岗位都是很无聊的摆设，干着不专业的活，挣着莫名其妙的钱，时间匆匆，从来不会累积多么有用的东西，只会带来一些空虚和生活的压力。

你看，一年年过去，房价涨了多少，物价又涨了多少，但是工资呢？

第二天一早，这个电话又打了过来。不巧当时我正在开小组会议，主管顶着一头枯黄的乱发正面无表情地分配工作。一脸油皮，眼睛肿胀无神，干燥的嘴唇不停地翻动着，不到40岁的她因为孩子上学的问题，提前进入了更年期。私下里，我们都很不愿意和她有交集，工作时更是小心翼翼，除了交接工作，尽量少有接触。

手机响的第一秒，我就按成了静音，塞进口袋。挂电话是很不礼貌的行为，我可以稍后回过去。

"我有没有说过，开会期间不许接电话！"她开始咆哮，双手狠狠地拍着桌面。

我反驳："我没接。"

"我也说过，不许来电话！"

大伙都齐刷刷地低下头。没有人敢吭声。只有我口袋里微微的振动声在静悄悄地响着。

我听见自己咽口水的声音:"我怎么能控制别人不给我电话?"

"那你可以控制自己不来上班!"

说着,她手一挥,一沓文件砸到我的脸上,某张纸的角度刚好与我的脸垂直,一道硬切面割在脸上,一条直线的轨迹在火辣辣地宣告着这力道。

我也随手抓起一把文件,朝这个更年期的女人砸过去。

妈的!老子早就不想干了!

然后我挑衅地接通电话"喂"了一声。

"你……爸爸生病了……"酝酿了这么多天,果然是个骗子!但我要镇定地微笑着,假装听对方讲话的样子,慢慢走出会议室。那个疯女人要扑过来,被一班同事拦住了。我关上了门,依然还能听到背后疯狗似的叫喊。

等我背着包走到楼下时,我已经是个失业兼失恋的大龄剩女了。

那个电话又响起来,我接通了,一边漫无目的地走着,一边说:"就因为接你这个电话,刚刚和领导吵架了。"

那边停顿了一会儿,继续重复着:"你爸爸生病了。"

又来了。

许是无聊,许是此刻,我想找个人聊聊天,我顺着她的话问。

"什么病?"

"挺严重的。"她念了一串英文,很长的单词,我听不懂,不过我想,她自己也不懂是什么意思吧。这年头,骗子都开始装文化人了。

"哦,我最近特别不顺,还麻烦你多关照下。"回家的公交车来了,我漫不经心地刷卡。

"嘀"的一声,机械地来了一句"请充值"。我慌乱地翻包找硬币,等回过神来,发现自己不知道什么时候挂断了电话。

人生,多么随意。

回到家后,接到朋友的电话,她在那头很兴奋地告诉我,她炒了老板的鱿鱼,问我要不要一起去旅游。

"好啊。"

一拍即合,其实也不过是没地方去而已。

当晚我就收拾好了行李,至于去哪里,等和朋友见了面,去了火车站,看哪班车最先出发,就去哪里吧。

次日没有接到那个电话。

听说骗子们打电话都是有特定群体的,虽然很多骗局你听起来觉得简单得不可思议,但那是他们的方针,借此筛选掉聪明、难搞的那批人,留下的那些不聪明犹豫不决的,正是他们下手的对象。

我并没有把这件事放在心上。

我和朋友一路瞎逛一路大吃大喝地沿途看风景,走马观花,什么都没记住,最后回到了老家安庆。

那天下午,我们去爬山。爬到山腰后就开始没有信号了。我把手机塞进背包里,掏出相机开始拍照。快到一座小山峰时,看到一堆人背对我们站成一排,似乎在围观什么风景。

我向来好奇心旺盛,想看他们在看什么。不知怎么的,就那样呆呆地看着不远处的背影,莫名伤感。夕阳渐下,一团火燃在一棵没结几颗果实的梨树上,那棵梨树有一枝断丫,断的那部分尖头,直直插入太阳的圆弧里。

我记得外公家也有一棵断了枝丫的梨树。高中时,我和弟弟、表弟们调皮地钩着枝丫荡秋千,弟弟妹妹们越来越多地围过来,全都攀上了那根枝丫,荡啊荡,突然"啪"的一声,断了,我们全掉在沙地上,一脸的沙子。

外公远远地跑过来,心疼地责怪:"梨树多难养啊,这么粗的枝丫没有个十几年……你们这些捣蛋鬼!"

我们笑着一哄而散。只有最小的弟弟嘟着嘴埋怨:"你的梨树把我摔疼了。"外公又一把抱起他,仔细检查:"哪里摔了?"

怎么会摔疼呢?那枝丫离地只有一米,而我们当时是垂着身体,脚离地差不多就二十厘米吧。他不过是撒娇,不过是认定大人们疼他。

不知道为何突然想起外公家的梨树,我摇摇头,正要朝那边走去。一阵清晰的振动,从厚厚的背包里抖动过来,电话响了。

真是奇怪。联通的信号向来很差,每次我一爬山,手机都成了摆设,尤其今天这山既偏远又很高,居然这会儿还能接到电话。

居然又是那个号码。

我看了一眼余晖里的一堆背影,接通电话。

"我建议你请一个护工。"又是那个年轻甜美的声音,没有了往日的寒暄,开始直奔主题。

所以是要骗我请护工的钱了吗？

"如果你有时间过来的话，最好买一本字典。你爸爸现在很多词汇都不会表达了，不久他就可能不知道怎么说话了。"

电话那头的声音异常清晰，完全没有受到信号的干扰。

"而且，我怕他时日无多了，你最好是……"

"有完没完？有你这样诅咒别人的吗？"我随手折断路边的一节树枝，抽打着旁边的树叶，"我告诉你，我爸爸妈妈身体都非常好，你少费这个心了。他们真的有什么事情，我还不知道吗？"

"他们怕你担心，一直瞒着你，我联系你，也是个人行为。反正，你最好有心理准备——"

我打断她的话："好，我告诉你，他们非常健康，我们不久前才通过电话。"

"不久前？是多久？"她也打断我的电话，很夸张地笑出声，十足嘲弄的意味。

我是多久前和爸爸通过电话的？一个星期之前，还是半个月，或者一个月？我突然想不起来了。最近工作太忙了，恋爱也不顺，各种大大小小的烦心事扰乱我心，我再也没像以前那样每天都和爸爸妈妈通电话了。

"他现在都不怎么认人了。我把地址发给你，如果你不想留遗憾，最好早点过来。"

说着，她挂断了电话。

片刻之后，手机振动，我收到了一条信息。

那个地址，居然是外省某个县城里的一家疗养院。还有一张爸爸的入院证明，那个笔迹，我认得。

心猛地一抖,想打电话给爸妈,手机却在这个时候没了信号。

似乎从头到尾,它只为了等那一个电话。

一阵风吹过,那堆人还那样直直地看着远处,太阳已经下山,四周快速地暗了下来。

一阵虚汗抖落。

我赶紧转身,向山下跑。身后的朋友,也没有喊我,我跑到一半想起来一回头,朋友却不见了踪影。

下了山,我坐了最快的一班汽车,赶往那个城市,再转出租,也不知道在车上待了多久,路渐颠簸,不留神,头上就多了一个肿块。

电话再次响起。

她说:"情况又恶化了。"

她说我父亲不愿意吃东西了,因为他老是觉得他已经吃过了,而且吃得很饱。整整一天也不愿意出门了,就待在室内,盯着自己手上的皱纹发呆,时不时地揪起一片端详,有时候盯着发呆,有时候继续不停地揪着,护士们一转身,他就把自己弄得浑身青紫。

"他记忆退化得非常厉害,但这在医学范围内。"电话那头时不时夹着专业术语,我不是很懂,但是我知道她的意思,就是他随时都会……离开。

爸妈的电话依然打不通。

所有的信息都来自这个没有存号码的电话。几乎我每到一个地方,她都会打过来,或者说几乎每发生一些变故她都会打过来,间隔时间越来越短。在各种交通工具的转乘中,我几乎每隔一小时就能接到一次电话。

车停了。

我诧异地看着司机,他耸耸肩,指着前方,那是一条极其狭窄的小路,根本没办法容纳四个轮子的车型。我付了钱,跳下车,就往前跑。

又是一天的傍晚,路上行人非常少,没有办法问路,我只能靠着地图和微弱的直觉步行。

像个迷宫一样,到处都是曲折的小路,看着四通八达,但一路走来,一家商店都没有,路边的房子要么门窗紧闭,要么空无一人,院子里晾着野菜和衣服,证明这些是有人居住的,只是恰好,他们所有人,同时不在。

我到底要怎么找到那家疗养院呢?

为什么是在这么一个陌生的地方、这么穷的地方,医疗设备会好吗?为什么从头到尾,我竟然不知道,到最后,却是靠一个陌生人告知?

我在一家敞开的院子门口坐下。盯着手里的手机黑黑的屏幕,大气不敢出,汗一点点从皮肤里闷出来。

四下寂静。

电话声突然响起。

"为什么我爸爸选择你们疗养院……"

"因为便宜。"

我愣住。

"你到哪里了?"电话那头很急切。

"我也不知道,但是我已经很赶了。"

"尽量早些来。"

挂了电话,我站起来,打算继续赶路,无意识地瞄了一眼这个院子,里面摆设很寻常,我刚好转身,却见那紧闭的窗户前闪过一个人影,再一定睛,暗暗的一切,毫无动静。

只有院子里晒着的衣服在随风摆动,墙角有一只猫在打盹儿。

我站起身,朝前走去,也不知道走了多久。突然一抬头,看到一栋破旧的楼,就像乡村里久未修缮的学校,上面写着长长一串名字,我拿出手机,和信息一个字一个字地对着,正是那个护士说的那个疗养院。

我惊到,拨了电话过去:"我到你们门口了。"

"好,你上13楼来。"

我停下,仰头看去。平息了好几秒,才敢问:"几零几室?"

"13楼。"

"13楼的几零几室?"

"13楼不分室,只有一个大厅。"

所有人不顾男女老少不分白天黑夜吃喝拉撒,都在一个大厅里吗?

我不敢问。

爸爸现在到底是什么样子了?我迫不及待想赶到他面前,却又怕自己承受不了。

我穿过寥寥几人的一楼大厅,拼命地按着电梯,那按钮反应迟钝,按了半天都没亮,也许是太旧了。

好不容易按亮了，现实的楼层却迟迟没有变化，一股刺鼻的药水混着粪便的味道在空气里弥漫，我脑子里出现一个乱哄哄的大厅画面。

电梯依旧没动静，可是我等不及了。

我朝楼梯冲去。

1楼。

2楼。

3楼。

4楼。

5楼。

6楼。

平日里不锻炼身体，这会儿没跑几层，就感觉气从胸腔涌起，从鼻子、嘴里一股脑冲出来，再吸气，像是有东西堵着喉咙，猛地生疼。

眼泪就这么悄然地滑落。也不知道是心里的担心，还是体能太差劲。

电话再次响了起来。

"你待会儿过来的时候，尽量平静下自己的情绪。我一直没跟你说，病人清醒的时候一直在叨叨，说他这个样子不希望被亲人看到，尤其是他女儿。"

末了，她顿了顿："按你们二次元的说法，他算是那种女儿控的人吧。"

我鼻子一酸，咬牙继续爬楼梯。

7楼……

8 楼……

9 楼……

10 楼……

11 楼……

12 楼……

终于看到 13 层的标志了。

我紧紧抓住楼梯扶手，擦一把清澈的鼻涕，捶着腰，扯着喉咙拼命地吸气。肚子里某个区域隐隐作痛，像是流水线上的传送条破了一个小洞，每隔一会儿，只要有东西经过那里，就会不知不觉地歪扭一下。

我看着那扇门，只要推开，就能看到爸爸了。

上班族有个很恶劣的通病，往往经过五天的上班，周末两天恨不得窝在家里躺到下周一，兴致好点了就和朋友聚餐唱歌，黄金周了就人赶着人挤到各处看人头，就是……就是没空回家一趟。好不容易过年回个家，却又在各种同学聚会上周旋，不然就是各种电话短信刷微博。

有多久没去看他们了？几个月了？

如今发生的一切，我竟然毫不知情。

只要……只要推开这个门，我就能看到他了，他的痛苦，他的虚弱，他的无助，还有我的后知后觉以及痛彻心扉。

我慢慢靠近这扇门，终于明白古人说的那句话了——

子欲养而亲不待。

为什么要到这个时刻，我才明白，我究竟是有多爱我的爸爸呢？多希望，他是健康的，多希望他能好好的，像幼年时代的那个英雄一样，能时时刻刻在我跨不过那条小沟、解不开那道习题的时候出现。

可是此刻，他不想见到我，不过是不想让我担心，他要逞强做最后一次英雄，他想避开我独自感受生命最后赐予的残忍。

但我一定要见到他！无论发生什么，我都要陪着他，所有的人，所有的事情，都不重要！都不重要！

我伸出手，颤抖着靠向门把手，一股晕眩从太阳穴边炸开，整个世界开始抖动……

等知觉再度恢复的时候，我睁开眼，盯着天花板看了好几秒，直到木然地坐起身，看清周围的熟悉状态，才像个傻子一样大笑起来，笑着笑着，眼泪也扑簌扑簌地往下掉，掉在散发着淡淡香味的被单上，那是我喜欢的香水，我喜欢的床单。

原来，这只是一场梦。

我顾不得擦眼泪，急切地从枕边摸过手机，找到订车票的APP……

多幸福。

幸好这只是一场梦。

幸好

你没

嫁给他

No. **6**

、情人眼里

/ 看不清的真相

1.

"我们走吧。"

毫无悬念地,下班后我朝宋楚走过去,乖巧地站在他旁边,无视一边的小陈和简玲玲,和他一起说说笑笑地离开了。

我能想象背后的小陈和简玲玲是怎样诧异的表情,这正是我所希望的。

先简单介绍下我们几个人的关系:宋楚是公司新来的部门经理,简单粗暴的描述就是:帅气、多金;简玲玲是部门主管,工作能力不够,但是手段够;而小陈和我,均是隶属简玲玲部门的员工,属于空气里浮游着的颗粒,只有无聊到观察阳光移到哪里时才会注意到我们的存在。

距离我和宋楚手挽手离开的几小时之前,在公司的茶水间里,我们四个人很巧妙地同时碰到了。

"我们晚上一起看个电影吧。"

两个声音,说着同一句台词。

不同的是,简玲玲对着宋楚说,小陈是对我说的。

小陈说完话的时候,惊讶地发现茶水间里还有两个人,说了句"不好意思"就低头拉着我跑了出去。转弯的时候,我扭头看见了宋楚朝简玲玲露出一个灿烂的笑容。

而这个笑容,让我突然想改变些什么。

我伸手往口袋深处探寻,直到摸到一个带着体温的小瓶子。我掏出瓶子握在手心,它的设计很简约,像极了大牌香水瓶,但瓶身是塑料材质的,这是方便把里面的液体一滴滴地挤出来。

眼药水可以缓解眼睛疲劳,是不是也会改变审美疲劳呢?

当透明的眼药水滴进眼睛里，带着一丝丝朦胧，那个时候的情人眼里——看到的究竟是怎样的一幅画面呢？

2.
"撞见了简玲玲勾搭宋楚的场景，好尴尬。"

一走出茶水间，小陈就恢复了镇定，往我身边挪了挪，压低声音道："今晚一起看电影啊，就这么愉快地决定了。"

我看了一眼小陈满脸的坑坑洼洼，心里叹了一口气。

回到位置上，掏出抽屉里的镜子，打量着自己。哎，眉毛又杂又乱，鼻子和腮帮上点缀着几颗小痘痘，那是熬夜看韩剧的结果，唇色不够红，肤色不够白，鼻子不够高挺，眼睛不够大，还……我慢悠悠伸出肥嘟嘟的手指擦掉眼屎。这些年没谈恋爱，并不是为了宋楚守身如玉，而是没有人看上我啊，除了小陈。

只有半斤八两的小陈才会追我吧。自从我进了公司，他就和我保持着一种近乎暧昧的距离，时不时约我跑步或者看电影，如果不是宋楚的突然出现，我应该会答应小陈吧。

但是人总得有追求是不是，我也想和优质男谈恋爱啊。

我再次伸手去口袋里摸了摸那瓶眼药水。

如果人的相貌以100分为标准的话，简玲玲先天条件加上后天的打扮，能冲到90分，而我，先天的条件加上后天的懒惰，大概也就9分吧。

丢在人群里从来不会被注意到，在早点摊会一直被插队，考试高分了会被认为"你长成这样也只能好好学习了"，工作上的成果都会被领导拿走，因为"你上不了台面不如我去提案好了"，我这辈子最大的愿望就是能有个人叫我一声美女,可是人家问路的都是以"阿姨你好,请问××怎么走"这种商量好的句式。

就在我胡思乱想的时候,简玲玲从茶水间走了出来,一股香水味瞬间钻进了我的鼻子里,她敲着我的桌子:"十分钟之内,把今天的数据统计送到我办公室。"

我看着她扭着水蛇般的腰肢,踩着高跟鞋,一步步走进了她的办公室。我回头朝宋楚的办公室望了一眼,他正站在门口朝我微笑呢——好吧,我承认,只是朝着我这个方向微笑。

我脸红着回过头,捋了捋头发,不知道刚刚那瞬间的发丝是不是有些乱。

当我把资料送到简玲玲的办公室时,她正对着镜子补妆,一边打趣地说:"你今晚和小陈看电影?"

不等我回答她又说:"挺好的,你们挺配的。"

我的心跳快了起来,心里说不出地烦躁,像是喝了一口冷却了的火锅油汤,冰冷醇厚,缓缓地卡在喉咙里,吐不出来咽不下去。

我把资料放下来的时候,她正涂好口红,拿餐巾纸轻轻地抿着,随口问我:"你觉得我和宋楚,般配吗?"

我看着那鲜红色在纸上晕了开来,突然打了一个哆嗦。如果他们约会了,那么,她的下一个唇印会印在哪里?

他的衬衫领口?他的脸上?他的唇上?他的……

天哪!不要!我无法想象这幅画面。

我紧紧握住口袋里的小瓶子,手心不停地冒汗,沾在瓶身上,像是刚从水里捞出来一样。

不能,不能让简玲玲得逞!

宋楚是我的!

这早就是上天注定的了,早在我走进那家破旧的小店的时候,一切都已经注定了。

那家标牌叫"西施研究所"的店,很破旧,也很小,格局很像一家美甲店。店主是一个分辨不出年纪的女人,穿着一件白大褂,胡乱地绾着头发。我去的时候,她正从装满花花绿绿药水的架子上拿起一根试管,喂那只黑色的瘦猫。

那只猫,真是瘦得吓人。

"东西给我。"她一手反方向捋着猫背上的毛,一手朝我伸过来。

我把写着我和宋楚生辰八字的字条递给她。她接过,含糊不清地念叨着什么,站起身把猫往地上一丢,走向那一堆瓶子前,像抓药方似的,从各个瓶子里各倒出一点液体,手法极快,最后她把那张写着生辰八字的纸张在酒精炉上烧了,粉末融进瓶子里,接着又融进一片什么小药丸,那灰烬瞬间散去,成为一瓶干净清澈的水。她把瓶子递给我,说:"好了。把它滴到对方的双眼里就可以了。"

瓶子好看,药水清澈,但是就这小小的一管药水,能有那么神奇?我小心地问她:"就这个?"

"费洛蒙听说过吗?和费洛蒙性质一样,不过,一个是嗅觉上的吸引,一个是视觉上的效果。说简单点,你一定在电视里看到过你认为长得并不漂亮或者还很丑的明星吧,但是看多了以后,你是不是觉得她其实也很漂亮?"

好像真的是这个道理呢。

"滴了药水以后,他看到的还是你,不过药水会让他潜意识里认定,你是他喜欢的人。"

我原本以为实施计划的过程会比我想象的要复杂很多,结果却是那么轻松。在洗手台假装撞到对方,然后继续假装不经意地猛一回头,厚实的长发发尾齐刷刷地扫到他的眼睛上,接下来,扮演小白兔惊吓地道歉,伺机拿出眼药水。

那瓶带着我炙热的体温的眼药水,就在他修长的手指上,垂直在左眼珠上,手指轻轻一捏,我似乎看到了他的眼波荡动,再移到右眼。被我思量了整整三小时的事情,不到三秒钟就完成了。

之后,就变成我和他去看电影,小陈和简玲玲各自落了单。不知道小陈会不会拿那张多余的电影票邀请简玲玲,但是,简玲玲应该不会答应吧。

我似乎听见了简玲玲咬牙切齿的声音,内心一阵愉悦,雷鸣电闪转大晴。

3.

饭后,我们逛起了校园,在里面慢慢地散步,胡乱聊着天,大部分时间,都是我在说,他在听。

我不禁有些恍惚,或许之前的一切只是一场梦,我还没有遭遇到那么多不公,他也没有与我失联多年,我们从高中直接考进了同一个大学,然后成了一对校园情侣。

然而身边一声尖锐的刹车声响起,打破了我的白日梦。随即我感受到了一股成熟异性的温暖,隔着衣服,都能感受到那股炙热。

他把我拉到一边,低头弹了一下我的额头。

"走路的时候记得要带眼睛和耳朵知道吗?幸好是在学校里,不是在大马路上,不然被刮伤了怎么办?"

天哪,他这是在担心我吗,这是他吗,我真的不是在做梦吧?这是传说中的有一种担心叫作他怕你被车撞了吗?

我呆呆地看着他,木木地说:"我的眼睛,用来看你了。"

他的眼睛在昏暗的灯光下闪着星星般的光芒,我情不自禁伸手抚上他的脸,想看看他眼睛有没有事情,不会这药水有副作用伤害脑神经吧。但我越来越看不清他的眼睛,直到视线被漆黑覆盖,嘴唇被温软覆盖。

原来心有小鹿跌跌撞撞是这样的感觉啊,还有脸发烫心跳加速不仅仅出现在老师收考卷的时候,等等,为什么手心又潮湿,心里那一道闪电般的震撼为什么这么强烈,还有一种渴望被爱抚的等待又是什么鬼,我居然这么饥渴?不行,我要矜持。我现在不是效颦的东施,我是情人眼里的西施!

我巧妙却又恋恋不舍地推开他。

从来没有想象过,有一天,我们会如此亲近。我感觉身体里一股血液冲到了脸颊,心里一阵闪电噼里啪啦地响过。

当晚,我失眠了。我窝在我的小床上,看着天花板,细细回味着每一个细节,把刚刚相处的每一分钟都慢动作回放,从前往后地回味,再从后往前地思考。我光着脚跳下床,拉开窗帘,对面一栋楼层层不同的灯火照了过来,如今,在某一处,也有一盏灯火是为我而亮了。

虽然我看不到是哪一盏,但是没关系。

"啦啦啦啦,我谈恋爱啦。"我小声地捂着嘴巴发声。

第二天一早，简玲玲就对我发难。先是在座位上各种指桑骂槐，后来索性把我堵在茶水间里质问。

最后还是宋楚过来替我解了围。只是我没想到他解围的方式是这样的——

"简玲玲，昨天的事情不好意思，我也不知道怎么了。不如今天我请你吧。"

他的声音还是和昨天一样动听，简玲玲立马换了副嘴脸，咧开嘴向他迎去，侧脸看我的时候巧妙地翻了一个大大的白眼。

"你昨晚不是说，今晚请我吃西餐吗？"我质疑地问他。

他看了周围一圈，似乎不相信我在和他说话，我听到简玲玲哼了一声。他有些浮夸地指着自己，问道："你是说我吗？"

"对啊，你答应的……"我脸红地绕着手指，心里不由得一阵慌乱。

他耸了耸肩，似自言自语："我想，我们之间或许有误会。"

简玲玲火上浇油地加了一句："宋楚，你是不是被人下了降头啊？"

"或许吧，我周末去庙里捐点香油钱。"

他似乎，也同意了这个说法。和我约会，跟被下降头一样恐怖吗？

我没法看着他和别的女人眉来眼去。我扭头离开后，拨通了西施研究所的号码，把情况跟吴女士简单描述了一下。吴女士在电话里告诉我，这个世界上的任何东西都有保质期，西施研究所的眼药水也不例外。

我惊呆了，急急忙忙向西施研究所跑去。

4.

"它的时效能保持多久?"

"这个根据个人体质来判断,按你描述的应该是 16 小时左右。"

"你的意思是,药效过了后,我必须要重新给他滴一次吗?"

"是的。但是,我还是建议玩玩就散,真正爱你的人,不该只被这虚幻的外表吸引。"

开什么玩笑,爱情一开始不都是被外表吸引的吗?就连那么优秀的宋楚,都宁愿选择简玲玲那样的货色,而不愿意看我一眼,但用了药水以后,他的眼里充满小火焰,想要分分钟燃烧我,我看得懂。再说,如果他没出现我也就认命和小陈在一起了,但是,给了我这么大的甜头之后,现在跟我说玩玩就好?

"既然眼药水有时效性,那我就尽量在失效之前给他再次滴上。我再买几瓶。"

下班前,我故技重施,再次把眼药水滴进他的眼睛里。再度在简玲玲要炸了的注视中挽着他而去。

这一次我学聪明了,当他再提起去他家过夜时,我立即答应了。一来,我也不想故作矜持了,只有更亲密,才能加深我在他心目中的地位;二来,我要在第二天早上药效失效之前再次给他滴上眼药水,我不能接受过山车般的反复了。

我要从生活中的各方面占有他。

第二天我和他一起出现在公司,在同事们诧异的注视中走到了自己的位置上。一整天,大家都低低地咬着耳朵。待在卫生间蹲坑的空隙,我听到她们在议论这件事。

"我那会儿和他们搭同一个电梯,发现他们身上的香水味是

情人眼里　　89

一样的。"

"你是说,他们昨晚一起过夜了?"

"单身男女嘛,关了灯,零件都一样。"

"也是。我实在是看不惯简玲玲那股骚劲,这回败在一个丑货手里,也算是挫了她的自信了。"

"哈哈哈……"

我忽略了"丑货"这个评价,心情大好地拿出口红补妆。别说,我化了妆的样子,看起来也是很可爱的,时下不是流行一个词叫作丑萌吗。

有了西施,我和宋楚的恋爱,谈得风生水起,大部分时候,我们相处得非常契合,我们喜欢看同一种风格的剧,吃同一种口味的菜,就连咖啡都喝同一个牌子……即使不一样的地方,我也会照着他的喜好去改变自己,迁就他。

随着我和宋楚交往的深入,滴药水的频次也越来越多,当然,时效也越来越短。最尴尬的一次,他才撕破一个小雨衣,然后突然冷着脸下了床,点燃一根烟靠在一边冷冷地问:"你为什么光着身体在我的床上?"我吓得立刻从遥远的国度回过神来,寻思了好久要怎么办,却被他扔过衣服,让我穿好走人。我灵机一动,趁着和他告别的时候,迅速把药水拧开瞄准他的眼睛倒过去,洒了他一脸。他惊讶地瞪着我,但下一个瞬间,他扔掉烟头,带着坏笑哼了一句"调皮"向我扑来……

我越来越离不开他了,这样优秀的男人,谁不爱呢?同样地,我也越来越离不开"西施"了。

手头的"西施"又不够多了,为了应对再次遇到必须要靠一瓶倒过去的情况,我必须多备一些药水,多多益善。我看着卡里的余额,全数取了出来,放在包里,去了西施研究所。

"把所有的药水都卖给我。"我把钱都倒了出来,这几年我没有谈恋爱没有约会不爱旅行不买衣服不喜打扮,因此积蓄还是有一些的。

吴女士看着桌子上的钱,笑着打趣:"这么急切?看起来处得很滋润嘛。"然后她拿出一个方盒递给我,"我这边大批的药水原料被另一个客人预订了,我只能给你十瓶,剩下的还在生产线上,最快也要一个星期下线。"

算算日子,这十瓶应付一个星期足够了。为了表示诚意,剩下的钱我没收,只是让她给我开一个收据,并承诺药水一旦生产出来第一时间通知我来拿。从西施研究所出来后,我整个人都轻松了好多。没钱没关系,只要有眼药水,我就有安全感了。当下所急的是我要开始和他吹吹枕边风,把结婚提上议程。

今天的天气真好啊,天蓝得跟刷过漆一样,嗯,以后我和他家里的婴儿房就刷蓝色的漆,再在墙上涂些白色的漆,涂得肥肥厚厚的,像棉花糖一样,对了,要把床布置成上下铺呢。

嗯,生两个孩子。

我低头笑着,连路边倒了的垃圾桶和污垢里的大脚印,看起来都那么美好,如果这个时候和他去踏青,真的很不错呢。

5.

等发现药水只剩下一瓶的时候,我才想起来吴女士并没有联系我药水的事情。我忙打电话,过了很久才有人接。她一直是这样,任何时候都是慢吞吞的,不过接了就好,我真怕她跑路了。

"吴女士,药水生产好了吗?我手头只有一瓶了。"

"您好。"话筒里传来一个男声,我拿过手机核对了一下号码,没错啊,是吴女士的啊。

"我是吴女士的未婚夫。"

吴女士什么时候有一个未婚夫了?可是转念一想,要不要这么八卦,这跟我有什么关系,我只要眼药水。但电话里的男人根本不顾我的要求,执意要跟我说一个故事:

他一直爱恋着吴女士,无奈吴女士原本有一个爱人。他们一起开了西施研究所,做的是红娘牵线生意,结果爱人被一个客户牵走了。伤心过度的吴女士便研制出了眼药水,渴望有一天遇到爱人让其使用后回到身边,但是她一直没找到她的爱人,也拒绝了身边所有的人。直到他最近发现了眼药水的秘密,他是一个脑科医生,对她做了一个手术,让她忘记了这些,正打算结婚之后移民国外,现在正趁着她在医院休养,打算把研究所和眼药水有关的事情都毁掉。

最后他说:"我会给她幸福的。姑娘,也祝你幸福。"

姑娘?为什么你在看不到我的情况都不能称呼我一句美女?

祝我幸福?没有了"西施"我还会如愿幸福吗?

我听着电话被挂掉的声音,很愤怒,烦躁地一抬头,透过玻璃门好像看到简玲玲在仔细地补妆,心里一片荒凉。

我急切地跑到西施研究所的位置,却只看到一堆废墟,周边的居民告诉我这片地方被拆迁了,我踩着高跟鞋在废墟里一点点寻找,却什么都没发现。而且,网站也不见了,电话再也打不通了。

好像,这只是一场梦。

西施研究所不见了,我和宋楚要怎么办?

我们相处这么久,做遍了情侣间所有亲密的事情,比如鸳鸯浴,比如各种体位;也在对方面前暴露了最丑陋的一面,比如放屁,比如一起站着尿尿。"西施",会蒙蔽他的眼睛,但是他的心,一直是清亮的,他的大脑一直是理智的。每每我收拾家里时,他夸我贤惠时眼睛里流露的神色,我看得真真切切,那不是药水的湿润;每每我下厨做他爱吃的菜时,他狼吞虎咽说不出话来的动作不是浮夸;每每我们一起窝在家里时,我给他弹钢琴时他的欣赏,也不是做作。

他应该懂我的好,除了长相。其实,一个人看久了,也就没那么丑了,是吧?

我拿着眼药水瓶子,不管怎样摇晃,都只能汇聚成一滴了。

我决定,向他坦白,在药效的最后几分钟里。

我约他到公司顶层的阳台。

阳光明晃晃地照在我们身上,他凑在我耳边低语:"你要告诉我什么,不如晚上我们关起灯来你再告诉我。"

他的声音真是蛊惑啊。我尽力平息自己的呼吸,轻轻地说:"如果我欺骗了你,你会不会和我分手?"

"傻瓜。"他把我搂到他怀里,贴着他的衣服,我闻到了我亲手挑选的洗衣液的味道,清清淡淡的。

"可是,你看到的我,也许不是真的我。"

他突然把我推开,定定地看着我。我一阵后怕,药效这么快就过期了？现在在他眼里的我，是不是非常丑陋？

"难不成你是外星人？"说着他哈哈大笑起来。

我趁着彼此眼神不对视的间隙，把药水的来源和给他滴药水的事情简单地描述了一遍。然后等待上天的判决。

"傻瓜。"他看着我，眼睛闪闪发亮，盯着我，没有什么不同，"喜欢一个人，就是喜欢和她相处，喜欢她的全部，怎么会只看外表这么肤浅呢？"

我心里松了一口气。

"但是，我不能接受你这么愚弄我！"我看到他的眼神一点点地冷了下去。

效力失去了，我知道。这个神色，我看得清楚明白，在每一个应该再次滴上药水的间隙里，它经常出现。

似乎，心里出现了一道细微的裂口，沿着如闪电般的痕迹蔓延，同时重重地往某个地方下沉。

我看着他离去的背影，决绝、洒脱。是的，他就连狠心都是这么帅气，但是我知道，一切都无法挽回了。

终究只是一晌贪欢，不过是梦吗？

6.

我真的很想哭一场，以祭奠这场刚刚死去的爱情。

一阵细沙扬过。

"哎呀！"我捂着眼睛，不知所措。

"怎么啦？"耳边响起一个熟悉的声音，是小陈。

"眼睛疼。"

"快来滴一滴眼药水。"小陈一边说着,一边伸手扳开我的眼睛,一滴冰凉的水滴落进了依然疼痛的眼睛里。

不对,公司的阳台上怎么会有风沙?我虽然失了恋,但没有失了脑。一个念头在眼前晃过,我看着小陈拿着熟悉的眼药水瓶子,拼命地揉着眼睛,诧异地看着他:"你给我滴了眼药水?"

小陈狡诈地朝我眨了眨眼睛,更正道:"是'西施'。"

算了。

这算是"失之东隅,收之桑榆"吧。小陈给我滴眼药水,想必会真心对我好吧,就这样忘记宋楚,也挺好。我闭着眼睛深呼吸,等待着世界的改变。

可是为什么,我睁开眼,看到的他还是之前的模样,一脸欲求不满的坑坑洼洼?

"我给你滴的,只是水。"我不可思议地盯着他,他接着说,"你有了眼药水,想到的是宋楚,那么我为什么要把这么宝贵的药水浪费在你这个丑八怪身上,我当然也要找我喜欢的人了。"他把手里装着水的眼药瓶子扔给我,然后兀自大笑起来。

之前他的种种追求,都是假象,不过是因为他自己条件差,所以退而求其次,如果有了眼药水可以摆布审美了,也完全忘了我的内在了吗?然而我一开始拒绝了他,而对宋楚滴眼药水,不也是同样一个道理吗?

这,果然是个看脸的时代吗?

"小陈,你在笑什么?"简玲玲的声音从背后传过来。

我诧异地看着小陈从口袋里拿出另一瓶眼药水,哄着简玲玲说:"乖,来滴眼药水。"

幸好
你没
嫁给他

No. **7**

第 二 场

爱 情

／用 心 感 受

今天的地铁格外挤,我刚抬起站麻了的脚,那块空地就被左边的人占了,那双脚横成一个外八字,脸上流露出一股骄傲的喜悦,不经意地瞥了我一眼。这类表情不少见。当一堆人同时拥进一节只剩下一个座位的车厢时,抢到座位的那个人,在屁股还没落下去的时候,脸上就会露出这样的表情。那种细微又显著的自豪感,似乎捡到了一笔横财。

我看着剩余的那点可怜的小空间,已经不够我把脚放回去了。我看了他一眼,动了动嘴,正想和他商量下,却发现他怀着敌意地瞪着我,随着地铁的晃动,一身肉都在轻颤颤地抖动着。我只好憋回喉咙里的话,垂着一条腿,保持军训时被教官罚单脚站的姿势。

"简小姐,你把脚搁在我脚上吧。"

右耳上方突然冒出一个很好听的男低音,像是从音箱深处发出来的,沉沉地稳重。

我感激地抬头望去,发现竟是何先生,连忙打个招呼:"啊?何先生,好巧。"

"是我们有缘。"他用手指了指他的左脚,跟我说,"放下来吧,别累着。没事的,我的鞋是黑色的,耐脏。"

真没想到何先生这么幽默,我松了一口气,把发麻的脚,轻轻放上去。实在是我快支撑不住了,如果只靠一只脚,我随时都会倒在别人身上,一想到左边那堆颤抖着的肉,和那个凶狠的眼神,我心里就一阵发麻。

我尽量轻轻地把脚搁在何先生的鞋子上,用着巧劲,把重量移到另一只脚上。他朝我笑了笑,就把话题转移开了,一定是想避免我尴尬，真是好贴心呢！

我和何先生是在一次读书会上认识的，当时坐在一起，聊得也很开心，算是彼此有好感，但当时疲于和前任周旋，对于何先生的几次约会邀请，我也没做回应。

"简小姐，你上次推荐的那本书啊，结尾真是出乎意料呢——"就在何先生跟我聊得开心的时候，我觉察到有点不对劲。后背上的那只手，已经紧紧地贴了好几秒钟了，并且，我能感觉到，它正在巧妙地一点点地随着车厢的晃动而移动着，从后背往下，顺着我的脊梁骨，五根手指还轻微地揉捏着，隔着风衣外套，都能感受到那股潮湿炙热的温度，似乎还能闻到一股几天没洗澡的油腻腻的体味。

很显然，我遇上咸猪手了。换作平时，我早就蹦起来大吼大叫了，可是现在不行。

我现在正是感情空窗期，何先生是目前最理想的下一任，万一手的主人说只是太挤了是我自作多情了怎么办？何先生会不会觉得我太小题大做？再者，万一他帮我理论，和那人闹起来，吃亏了怎么办？

我看着何先生瘦弱的身形，下定决心不管不问，吃下这个哑巴亏。就在这时，何先生不动声色地圈住我，轻轻地把我往他怀里一带，我立刻摆脱了背上那片不舒服的温度。后背的一阵清凉，和胸前的一片微暖，让我有些脸红。

我假装不知情，支回身体，歉意地看着何先生，舌头打着结："刚刚，好像有点晃。"

他笑了笑，说了声："像个小傻瓜。"

我看着他嘴角那抹微笑，突然觉得心口有一道闪电闪过，从心尖弥漫开来。

他的微笑，像极了我的前任。

前任是个长相非常帅气的男生，穿衣打扮时尚又有品位，工作体面，爱好广泛，经常拉着我一起去健身房，每当我走开几步，他身边就会出现一两个女生。每次我抱怨的时候，他总是说我想太多。但是如果我的身边有一个男生，他就会立马气冲冲地把我拉到一边，涨红着脸数落我勾三搭四。

是的，前任就是所有女生口中最讨厌的那种男人——"直男癌"。

当你窝在家里复习功课准备考研的时候来一句："女人读书干吗呢，反正都是要嫁人的，不如学怎么把菜做得更好吃。"当你在公交车上碰到咸猪手的时候，他会责怪："你看你穿成这样，不就是向全世界宣告，你是可以被占便宜的吗？"当你化好妆穿着高跟鞋去见他的时候，他会抱怨："你弄这样，是要在回家的路上偶遇一夜情吗？"

这些，是一般"直男癌"的症状，对他来说，都不算什么。

他只要看到有男生靠近我，就会认定是我不要脸，做了什么勾引人家的事情。

在餐厅吃饭的时候，即使人满为患，也不可以和男性坐一桌；如果不是因为工作上的交流，不可以和男性讲话超过一分钟；甚至如果在人群中，有时候我因为发呆懒得转移视线，他都会把我的视线聚焦到某个人身上，会在身边恼火地冒出一句：

"你盯着那个秃头老男人已经看了十秒了，难道你口味重到要诱惑这样的人去滚床单吗?"

我身边的朋友不止一次地笑话我,一定是我上辈子毁灭了银河系。

只是,感情这件事,哪是旁人三言两语就能说得清的呢?

但是——他居然被我捉奸在床了。

小三还是他的同事。我看着他们衣衫不整的样子,问他为什么。明明她长了一张大饼脸,卸了心机巧妙的浓妆艳抹,就憔悴得像个瘾君子一样。我真心搞不懂他的审美,但他居然抽出小三嘴里的香烟,塞进嘴里,朝我吐了一个呛人的烟圈,还非常理直气壮地说:"我出轨能怪我吗,谁让你一天到晚只知道看书不会陪我打游戏。女人只是男人的附属品你知道吗?你学那么多,万一有一天把我踹了呢,我得提前找好备胎啊。"

我忍着反胃的恶心,说:"还真是婊子配狗,愿你们天长地久。"

小三抽回烟,更加娴熟地吐了个烟圈,弯着腰对我夸张地喊了一声"不送客了"。

就这样,我在两个烟圈里,结束了第一场恋爱。分手的时候,我和朋友们去酒吧大醉了一场,告诉他们,这辈子都不会再接触一个"直男癌"了,实在太变态。他们笑着打趣我,小心怕什么来什么。

我喝干一杯酒,拍着对方的脑袋喊着:"怎么会呢?"

我盯着何先生发呆,心想,怎么会呢,我这不是遇到了何先生吗?我唯一担心的是,如果哪天前任知道何先生的存在后,会跑去跟他闹。以前任的个性,他做得出来。

我回味着何先生刚刚的举动，对比着前任那不屑一顾嘲弄的表情，心里十分感动。像何先生这样的做法，才是女生最想要的细节。

"以后我们约好时间一起坐地铁吧，现在的地铁上……有个男人做'保镖'会好很多。"

于是，我每天会准时等在地铁站外，等他匆忙赶来，相视一笑，一起迈进地铁里。

也不记得是哪天，似乎是一个周末，在拥挤的人群里，何先生凑到我耳边，说："简小姐，现在差不多饭点了，我请你吃个饭。"

见我不作声，他有些犹豫地问："可以吗？"

当然可以，我当然很愿意。我矜持地点点头。

就这样，我们就在这一站下了地铁。何先生对路况非常熟悉，我跟在他后边绕来绕去，想着，有方向感的男人真的好有魅力啊！

差不多绕得有点眼花的时候，已经来到一家餐厅门前了。他给我拉开椅子，让我先入座，把菜单递给我，询问我喜欢吃什么口味、忌口什么，详细得特别事儿妈。最后又在我纠结的时候，替我选好。每上一道菜，他都会给我夹过来，告诉我，这是他们家的特色口碑菜。

"何先生，你对这里很熟悉吗？"我咬了一口虾仁，问他。

"是啊。"说话间，他顺手把我空了的杯子，倒满饮料。

跟绅士约会，最大的好处就是什么事情都不用操心，就像在父亲面前，安心做好一个只会卖萌的小女儿就好。他会把你喝的饮料吹冷，把吸管都给你放好。

看着他那么照顾我,我都忘了要说什么。好在何先生很健谈,不会冷场。

何先生的知识面也很广,我暗暗在心里叫他学霸。他懂的东西特别多,和他聊天真是一种享受。这是一种什么感受呢?嗯,就仿佛看惯了城市里黑蒙蒙夜空的我,突然间被他带到了野外,满天闪亮的星星,像是要掉下来一样。我对何先生的爱慕,也就由城市的星空转变为乡下的星空,都快漫出来装不下了。

我双手托着脸,歪着脑袋,听他高谈阔论。

他的眼睛里,好像也深藏着一颗星星呢。

我们就这样坐在餐厅里,东拉西扯地聊着天,直到服务员过来提醒我们午餐的时间过了,他们要打扫卫生准备晚餐了。

"最近上映的电影都不错,我们去看电影吧。"走到门口的时候,何先生提议去看电影。

在电影放到一半,屏幕上的两人激烈亲吻时,他悄悄牵起了我的手。我手心一阵发热。已经很久很久,没有人牵我的手了。前任从来不牵我的手,他觉得太婆婆妈妈,认为我挽着他的胳膊才够面子。

何先生的手掌很宽大,骨节分明,握着我的力度不大不小。我似乎还触摸到他中指第一个骨节上的老茧,那是经常写字的人才会有的。真是难得,没想到,现在这么个浮躁的社会,还有人习惯手写。

看完电影出来的时候,发现天空飘起了小雨,细蒙蒙的。虽然已经入秋,但是落在身上,丝毫没有觉得寒冷,反而像是给我们制造一点小浪漫。这个时候,两个人手牵手,在这细雨里漫步,是每个女生都不会抗拒的事情,这细雨不足以花了妆容。两个人顶着一头小水珠,再冲进咖啡厅,这不是电影里经久不衰的桥段吗?

我牵着他的手,没有松开。

"哎呀——"何先生突然松开我的手,捂住额头,有些着急,"我的被子,还在阳台上。"

"啊?那……那你先回家吧。被子湿了就麻烦了。"我的心里有一点点小失落。

"可是晚饭……"

"这不是有情况嘛,我们改天约也行啊。"

"要不……你在这儿等我一会儿?"他挠了挠脑袋,有些犹豫地指着前面没多少路的一个小区,"我就住在那儿,很近的。"

那是一个外观看起来有点老的小区。老小区的生活设施一般比较齐全,不如——

"不然我陪你回去收被子吧,晚饭,也可以在你家做啊。"

"啊?"他的眼里满是惊讶,飞速地眨了好几下眼睛。

嗯,我明白,他一定是觉得我很贴心,超过了他的预期值。突然想为自己的小机灵点个赞,起码这一刻,我是通情达理的。待会儿做饭的时候,我要露一手,让他知道,我其实非常有贤妻良母的潜质。我笑着走到他身边,讨巧地挽起他的胳膊,说:"我们快走吧,雨要下大了。"

我也挺想看看他居住的环境,从一个人的住处是可以观察出很多东西的,比如说他爱不爱干净,会不会做饭,审美力和各种生活习惯。而且,其实我也不反对有其他进一步的发展。

他家的阳台上方搭了一块布棚。雨不大，又没刮风，当我们赶回去的时候，被子还是很干燥的。甚至轻轻一嗅，满满一鼻腔太阳光的味道，还掺着一股男性荷尔蒙的味道，我挺喜欢的。

等他收回被子，放在床上，我便去帮着叠。叠完了才发现，自己居然这么自然地把这个事情做了。

他站在一边，向我靠过来，挠着头说着谢谢。

我们一起去菜市场买菜，他在路上和我说，他做的水煮鱼超级棒，一定要让我尝尝。还有他做的红烧排骨，是奶奶遗留的秘方，和其他人做的味道绝对不一样。我看着他那么开心地介绍，心里也是慢慢地欣喜。爱厨房的男人，从来都不会错的，还居家，多好，我真是捡到宝了。

有那么一瞬间，我甚至觉得我们似乎是结婚多年的老伴了。我们无比自然地货比三家，挑三拣四地，不觉得有辱形象、不够大方。居家，不都是这样的吗？

回到他的住处，我们一同钻进厨房，他把鱼倒进洗菜池，说："你把刀递给我一下，我切鱼片。"

我站在他的背后，把刀递过去的时候，特别想拥抱他一下。

看着他认真地切着鱼片，我也没闲着，我把剩下的菜拿出来，把土豆去皮，把白菜一叶叶扳开，一一洗好，分类晾在盘子里。

他一回头，我们相视一笑。

油下锅的时候，他把我赶到客厅里，不让我插手。我坐在客厅帮他收拾屋子，直到他端着菜出来。

他一遍一遍地给我夹菜，我吃得非常畅快。因为一个人住，嫌做饭麻烦，我常常也是靠外卖打发自己的胃的。这么家常的味

第二场爱情

道,真的是很久之前的事情了。

本来氛围一直都很好,如果不是因为他家空调开得太足。

室内太热,我忍不住脱了外套。就在我犹豫放哪里的时候,他已经站起身来接过,放到了一旁的衣架上。

我感动得眼睛有些小湿润,生平第一次,被人这么体贴地照顾,而不是去照顾别人。在和前任分手之前,我以为全世界的男人都是一个样的。我心里暗暗想着,和前任分手是对的。

"你怎么有小腹啊?"他回到椅子上,眼睛瞄着我的肚子。

"啊?"我手一抖,筷子上的排骨掉进了水煮鱼里。我把椅子往桌子边移了移,让自己和桌子更贴近一些,期望能挡一下。但是他的视线没有移开,我拼命地坐直身体,悄悄深吸一口气,憋紧小腹,有些尴尬地往下拉着衣服,不好意思地回他,"那个,我平时长时间坐办公室,几乎没有运动,所以囤了小游泳圈了。"

以后我得多加锻炼才行,这太尴尬了。

"你没打过胎吧?"

"什么?"

我有点蒙了,不太确定我是不是听错了。他是在问我有没有打过胎?

"你是处女吗?"他继续发问。

这个……这个问题太直接了好吗?我都奔三的人了,如果还是处女,那是不是身体有毛病啊。什么情况,为什么话风突然出现这么大的反差?

"我——谈过一场恋爱。"我小心地用着措辞。

"谈过?"他的声调突然提高了。我还没来得及回答,他又说,"我一直以为你是个单纯的女生呢。我就纳闷了,你怎么要主动来我家,原来也不是什么正经的女人,那我们也不用客套了,我们直接点吧。"

"什么?"说实话,我有点搞不清现在到底是什么情况了。

"做爱啊。"

我承认我情商低,非得到他说出这句话,我才明白过来。我气结,扔掉筷子,拿起搭在一旁椅背上的包包,再去拿衣架上的外套,准备走人。我今天,真是瞎了眼!

他一把拦腰抱住我,夺下我手里的衣服和包,往后一扔。

"不让我睡你,你来我家干什么?"他说完这句话,不等我回应,就向我扑过来,像一个酒驾的司机在发现刹车不灵的时候,朝眼前唯一的那棵树撞去,他此刻的眼神,冷漠,毫无感情。

毫无悬念地,我被他压倒在床上,坚硬的床板木讷地承受着我的重击,耳边传来"吱呀"一声的木头摇晃声,我的背被撞得生疼,感觉脊梁骨要断了似的。我一时间失语,用力推他,手和脚,已经分不清,只是胡乱地划着。整个世界只听到满耳的木床摇晃声,还有衣服和被褥的摩擦,以及我的四肢挥舞着击打到他身上的声音。虽然我在他身下拼命地反抗着,却还是被他囚住了胳膊,腿也被沉沉地压住。

从远古时期到现在,女人的力气,从来就不能和男人抗衡。

头开始发晕,眼睛也睁不开了,一阵恶心犯上心尖,四肢渐渐失去抵抗,全世界都是盲点,像是突然落入极夜地带。

迷糊中,听到他说:

"对了,待会儿完事了,记得把碗洗了。"

第二场爱情

幸好

你没

嫁给他

No. **8**

算 计

／分 裂

一开始，我们以为爱情一定是柏拉图的。它得毫无功利心，它得从心出发，它得没有算计……

后来我们才懂得，爱情这个东西，原本就不是纯精神世界的碰撞，它最终也会步入柴米油盐的后尘。有时候，它就像一个飞爪，挑好时机朝那面墙猛地抛出，拉扯几下确定安全后，就义无反顾地顺着绳索离开，离开现在的围困处境。

当然了，飞爪也是一种武器，会伤人。

"麻将，去哪儿呢？"

"打麻将。"

这是麻将每天都会重复的对话。

麻将之所以外号麻将，是因为他喜欢坐四方。他往那儿一坐，如松，根深入地般，一副非天荒地老不可的架势。每当有人中途离场，麻将都会痛苦呻吟，当然最痛苦的莫过于夜半所有人喊着"散了回家吧"的时候，他只得揉着手上的茧子，怏怏跟随众人离场。

大家都感慨，除了散场，没有什么可以阻止麻将不出现在麻将室里。大家都以为不到天荒地老不到视力看不见牌面，麻将不会离开麻将桌的。

不久后发生了天大的事——麻将从麻将桌上消失了。大家起初以为他身体不舒服，可是等了几天发现他依然不来，打电话过去，他支支吾吾地推掉了所有的牌局。大家慌了，莫不是被绑架了？

于是一伙人拎着家伙浩浩荡荡赶去他家，踢开门，发现一对互相喂食的男女。

男的是麻将,女的——不认识。

麻将慢腾腾地吞下那只小巧的手喂过来的西瓜,朝门口一瞥,扬扬得意:"别吓到我女朋友了。"

"你谈恋爱了?"队伍中有人问道。

麻将正要回答,却见门口那残破的木门晃了晃,贴着墙壁的边缘"砰"的一声,倒下来,砸在地板上,顺道砸翻了他面前放着半个西瓜的懒人桌。

麻将挣扎着往门口冲:"妈的,居然把门踢坏了!"

大家纷纷逃跑似的离开,一边逃一边互相八卦。众人猜测,麻将终于要走上俗人的生活了。

可是第二天,麻将就重回了麻将室,带着女朋友大琳。

大家理亏,纷纷让他。他一开心,就让大琳上桌了。

大琳手气出奇地好,赢了几局后,麻将不禁手痒,再次上桌。大琳则坐在一边,温柔地靠在麻将肩上,陪着他。

那场面,像是定格的动画片。

那时候,我们都把这个架势理解为天荒地老。

多好。

麻将想打麻将到天荒地老,大琳会陪他到天荒地老。

如果你有一个爱好,为之痴迷,同时你身边有这么一个人,会陪你一起沉迷。这大概是爱情的最好状态了。管他积极消极,消遣时光,只要舒心,就求这一刻愉悦。

有人说,情场得意,赌场失意。

麻将输得越来越多。虽然都是和朋友打着玩的,钱不多,吃顿夜宵,有些钱也就不了了之了,但也在不经意间渐渐输掉了很多——原本打算去看电影下馆子玩游乐场的时间和金钱,都用来翻牌了。

更郁闷的是,他的职场也开始有些不顺。

很多人认为事业单位是平静的一池水,波澜不惊,固定的金鱼长得一模一样,那是因为说这话的人根本没有游进来,内在的波澜,不比洪水决堤简单。

同事们钩心斗角拉帮结派,上司们猜忌穿小鞋,让麻将烦不胜烦,他烟抽得越来越多,出现在牌桌上的时间也越来越多。

大琳的表情也在一点点变化着,从一开始的含情脉脉到微蹙眉头再到拉长了一张脸。众人都看在眼里,却也不敢多言,只是暗示麻将早点回去。

终于有一天麻将感觉到了女朋友的不爽,于是他打算摸完这一局,带着大琳去看场电影,然后温存一番。

这个时候,博士来了。

博士不是真的博士。

博士从小学习好,一直扮演妈妈口中的那个别人家的孩子。从小大家都说,博士以后肯定会当一个博士的,后来大家就喊他博士了,虽然他后来并没有考博。

博士原本是想找麻将撸串来着的,但是麻将这一局才开始。

麻将一局输了,准备走人,但是博士却对麻将产生了好奇。

作为一个别人家的孩子,博士从来没有打过麻将,这求知欲,激起了麻将授业解惑的责任心。麻将站在博士身后开始教他。到后来,他嫌弃博士太笨,又坐回去兀自打了起来,早把看电影的计划忘到脑后去了。

博士觉得无聊,一边看牌,一边开始有一搭没一搭地和大琳聊天。

有一天晚上,邮票正睡得迷迷糊糊的。

突然电话响了,按掉几次后都在两秒之内又响起来。

邮票睁开红肿的眼,接通了电话,正想着不管是谁都一顿咆哮体骂过去,结果对方只说了一句话,他就惊醒了。

"大琳现在在我家。"

说这话的是博士。

此刻是凌晨1点半。

邮票刚要骂博士是什么情况,就听博士压低声音:"卫生间水停了,赶紧打个电话过来救急。"说完他就挂了。

真他妈的!

即将要和麻将结婚的女朋友,大半夜去了单身博士的出租屋,这是什么情况?

博士说的水停了是什么情况?抽水马桶水停了,那只是上个厕所,如果是花洒水停了,妈呀,那是要色诱的前奏吗!

邮票想了想,决定等一分钟再打过去,要知道女人的动作向来特别慢。

这一分钟,过得异常慢。

邮票忍不住胡思乱想着:

待会儿从卫生间出来的大琳,会不会裹着浴巾光着脚,拿着博士的毛巾轻轻揉搓着湿漉漉的头发,一步一个小扭腰,走到博士床边,一边深情地凝望着他一边招手?这大半夜的!一个血气方刚单身许多年的男人,这个时候脑子里活跃的可没有智商一说,只有一堆小蝌蚪好嘛。

邮票越想越怕,赶紧拨了回去。

"哥们儿,啥事?"博士声音有些颤抖。

"你说啥事,你大爷!"邮票还没开口,又听他说,"你让我现在过去找你?"

悬着的心,稍微稳当了点。看来博士这小子还没有失去理智。

邮票加重语气提高声音,近乎喊着:"嗯,对!我遇到了点麻烦,你赶紧过来一趟。"

脑海里冒出大琳竖着耳朵皱着眉的样子。

"现在吗?"博士的语气有些犹豫,不知道是演戏还是出于本能。

邮票脑海里又闪过大琳咬着嘴唇对他摇着头的样子——妈的,我今晚这是怎么了,一个劲儿地替兄弟意淫?他忍不住大喊:"你今天要是不过来,兄弟我就死在这里了。"

那边停顿了一会儿。

直到博士慌慌张张地大喊:"哥们儿你别急,我马上就到!"邮票悬着的心,才慢慢落在了心房里。

过了半小时左右,博士来敲门,拎着一堆烧烤和啤酒,一关门,他就顺着墙跌坐在地,一副失魂落魄的样子。

邮票一惊,跳过去,揪起他的领口,骂道:"王八蛋你不会把她睡了吧?"

虽然从生理上来说,半小时的工夫,时间是不够的,但是谁知道他是不是事后才打电话求救的呢。

"没没没——"他赶紧摆手。

半天吐了一口气:"我哪敢啊?"

"说说吧。"邮票拿过烧烤、啤酒,拎到小方桌边。

前一阵子博士工作出了点问题,每天都很消沉,天天打电话给各个朋友约夜宵啤酒。男人之间诉说烦心事的方式不比女生,抱着哭一场就好了。他们不爱婆婆妈妈,什么事,就化在这一杯酒里。

大家白天上班忙碌,晚上陪着博士通宵达旦酒池肉林,时间久了都苦不堪言,渐渐推托。刚好那阵子麻将总是四缺一,发现了博士这么一个好资源后,就打着开导兄弟的幌子,拉着他一起去打麻将。

不过麻将还算负责,一边和牌,一边吐着烟雾:"博士,你这就考试失败一回算什么,从小到大我都考砸多少回,你什么时候见我这么颓废过?人生得意须尽欢,来来来,你摸牌了。"

博士输了几局后,开始赢了。

麻将很诧异:"怎么突然上道了?"

博士嘿嘿一笑。

转移注意力后的博士,一天到晚琢磨怎么打牌,几天下来,开始不停地赢,赢得大伙不停地喝王老吉降火,越喝喊牌的嗓门越大。

后来就索性不让他上桌了。

但博士每天一到他们打麻将的点,还是会赶过去。坐在一边

算计 115

有一搭没一搭地喝酒，接着麻将的话茬聊天。

几次来回后，坐在一边的大琳知道了原委，开始代替麻将安慰他。

聊了几次后，博士才知道大琳算得上一位励志女神，她所在的单位就是自己苦苦考而不得的那家。他对大琳的好感直线上升，时不时地问一些大琳单位的情况。

大琳和博士聊的时间越来越长，两人兴趣还算相投。比起一心扑在牌上的麻将来说，博士简直好太多。

与此同时，他考的另一家笔试结果出来了，他是第一名。大琳夸他是只潜力股。

大琳夸得博士很受用。

"一家考试失败了不代表整个人失败了，你看这家不是考了第一吗，你把面试过了，先去上着班，一边复习下一次考试，又不耽误时间。以后别来打牌了，你不应该在这里浪费时间，一步步来总归好过原地不动啊。"

最后大琳还指着麻将，一副恨铁不成钢的表情："你看这些人，一个个颓废的，醉生梦死一样。"

博士看着烟雾缭绕里亦幻亦真的大琳，问："那你为什么也来这边？"

问完，博士觉得特别尴尬，这是摆明了在大琳面前说麻将不好啊。

这时，麻将一个转身，一巴掌拍到博士后背上，开着玩笑："小子别撩我媳妇。"

大琳脸一红，看着博士的眼睛一片水汪汪。

博士心里一抽,眼皮跳了跳。他觉得自己应该回家休息去了。

可是前脚刚进门,就听到敲门声,一开门,竟是大琳。

大琳打量了一圈博士家后,开始夸赞博士。各种夸,什么脑子好啊有上进心啊,夸到后来,连家里卫生搞得很干净都是闪光的优点了。

大琳越夸,博士心里就越心虚。

三更半夜,孤男寡女,共处一室,这还是朋友妻。

博士越想越怕,趁着大琳去上卫生间的空给邮票打了一个电话。

博士问邮票:"你说是不是我哪句话给了她什么暗示啊?可是我想不起来有什么过分的话啊。"

邮票吃了一口羊肉,喝了一瓶酒,说:"这个事,你就当没发生。"

"我要不要和麻将说下?"

"你傻×呢?不嫌事大!"邮票一急,抓起一把吃过的竹签,朝博士扔过去,残留着一些肉的竹签黏在他头发上,慢慢顺着发丝滑落。

博士低着头,喝酒。

"他们俩,都别找,过了风头再说。"

酒足饭饱后,各自回家继续睡觉。

第二天晚上,邮票接到博士电话,说大琳约他看电影。

"同志你要经得起诱惑,别去!"

算计

"可是我已经看完电影回来了。"

"我去!"

"听到她邀请的时候我就是你现在这个反应,结果她理解为我答应了,于是就……"

邮票差点摔了电话。

虽然只是一场电影,其间大琳也是安静地盯着屏幕,吃着爆米花,一句剧情以外的话都没说,但是这个时候就是考验谁先露怯了。

博士和邮票都很担心,这样下去,会伤害到麻将。

于是,邮票约了大琳。

邮票开门见山:"你为什么背着麻将约博士?"

大琳眉一挑,笑而不语。喊着服务员过来,给自己点了一杯祁门红茶,给邮票点了一杯黄山贡菊,对服务员说,菊花茶里多加点冰糖,降火。

邮票顾不得打哑谜,苦口婆心开门见山劝她。

大意是博士和麻将是兄弟,你作为麻将的女朋友,私自半夜去找博士,总归是不好,万一引起矛盾误会多尴尬啊。

"不尴尬啊。"

"别人会猜忌的。"

"没关系,我打算和麻将分手,和博士在一起。"

"噗——"

邮票抿了一口菊花茶,一听这话,猛地下咽,滚烫地卡在喉咙,差点跳起来。

"你怎么不顾他们的兄弟情?"

"我只是想追求自己的幸福,没那份心操心多余的人。"大琳皱着眉头看着邮票的窘相,有些不耐烦,"麻将这么颓废过日子不是一天两天了,他不可能是我的良选。做人,要实际。"

说着,她起身离开了。

邮票透过玻璃窗,看着她走远,心里一阵担忧。等大琳完全消失在视线里后,躲在暗处的博士走了过来,拍着邮票的肩膀问:"说清楚了吗?"

邮票点点头。

"那她……"

邮票摇摇头。

博士也叹了一口气,坐了下来。

好半天,邮票说了一句:"你比麻将优秀。"

博士捧着那杯大琳没喝的茶,不说话。

不久后,麻将和大琳分手的消息在圈子里传遍。

一开始,麻将以为大琳只是闹闹公主脾气,没太在意,依旧按时去打牌。他以为等几天,大琳的脾气消了就好了。却不知,他错过了最佳的沟通期。

那牌桌上的吞云吐雾,让大琳彻底死了心。

博士知道消息后,处处躲着大琳,也避开麻将。手机整天关机,联系其他兄弟,都弄得跟特务接头一样。

整得特别神秘。

恰巧博士在那家单位的面试中表现优异,以总分第一被录取。他便更是极少出现在大家的视线里了。

邮票以为在大琳回心转意之前,博士都不会出现在公众场合了,没想到没过几天,他竟高调地找兄弟们喝酒庆祝,甚至还请了麻将。他说,领导看了他的履历,很是满意,在认真考核后,把他换到了他心仪的岗位。

一开心,大家都多喝了几杯。

再一开心,博士就忘了关机。

一个电话恰到好处地打了进来。

博士看了麻将一眼,这一动作被邮票看在眼里,邮票喊着:"关机关机!今晚不醉不休,什么事都不要管。"

博士冲邮票点点头,他调了静音,就等铃声停了按关机键。

就在博士按下关机键的同一刻,一条信息飞了进来。博士看着那行字,脸色瞬间暗了下去,屏幕进入了黑暗。

麻将好奇地凑过来:"怎么了?"

博士看了一眼麻将,没说话,从地上的箱子里拿起一瓶啤酒,用牙咬开,咕咚咕咚地大口喝酒。麻将一乐,也捞起一瓶,朝喉咙灌去。

博士一口气没停,咕咚咕咚着一瓶见底。

"好小子,居然跟我拼酒。"麻将眼不眨地看着博士,左手比画了一个中指,也大口大口地灌着。

可是喝着喝着就不对劲了,博士一瓶喝完了,又咬开了一瓶,大口大口地灌着,多余的啤酒从嘴两角冒出来,顺着腮帮子往下流,一会儿工夫,博士就满脸潮湿,分不清是酒还是汗。

麻将憋不住,捂着肚子往厕所跑去,跑了几步回头喊:"等我回来继续!"

邮票夺过酒瓶,看着博士,问道:"发生什么事了?"

"我的工作,是大琳走的关系。"

"录取还是调动?"

"都有。"

邮票盯着博士,松开酒瓶,让它"啪——"地掉在地上,他嘴角动了动,一字一顿:"哥们儿,你可别认尿。"

博士那晚再没说话,一个劲儿地喝酒,谁都拉不住。直到一片狼藉,邮票送他回家,快到他家门口的时候,看到大琳居然在他楼下徘徊,邮票心一横,又把他扛到了自己家。

博士第二天醒来,捂着没刷牙臭气烘烘的嘴边打哈欠边跟邮票道别。

临别时邮票问:"你会辞职吗?"

博士摇着头,捂着脸,声音从手缝间冒出来:"我会注意分寸。"

很快,邮票的工作也出了点问题,再也没有精力去操心博士的这段孽缘。

那段时间,麻将去找大琳,怎么都得不到回应,就像大琳找博士也没结果一样。

再后来,大琳追博士的消息传得人尽皆知。

得知此事的麻将约博士喝茶。那天他们究竟说了什么,没有人知道。从那以后,博士出现的场合,麻将绝对不会出现;而麻将要去的地方,博士也不会冒头。

二十几年的兄弟情,一拍两散。

大家都开始厌烦大琳，觉得她红颜祸水，害得他们所有人都小心翼翼，生怕一不小心刺激到他们兄弟俩。关系好的私下都偷偷劝博士，中华儿女千千万，任君挑选，只要别和大琳在一起。

后来也不知道发生了什么，大琳和博士成了一个办公室的同事，两人面对面，只隔了一块磨砂玻璃，朦胧地展示着两人的一举一动。

抬头不见低头见，让博士备受煎熬。他变本加厉地把心思全投入到工作中，以避免和大琳的接触。但是他不知道，在很多女人的眼里，认真工作的男人最迷人。

大琳每天贴心地为他准备早餐，他能拒绝，但是工作中的沟通他避免不了，实际上，很多时候大琳给的意见是十分中肯的。

由于长期不按时饮食和失眠，博士的胃难受逐渐频繁。

一次他和大琳外出做调查的时候，胃病突然来犯。

他疼得满头大汗。大琳把他抱在怀里，不顾38℃的高温和汗水，安慰他："别怕，有我。"

他痛得直接晕了过去。

谁也不知道，大琳这么弱小的一个身躯，是怎么背起博士走过一条泥泞小路，拦到了一辆三轮车，载着他们去医院的。

博士好了后，大琳却请假了。

他和同事们一起拎着水果去看她。

出乎意料，是大琳妈妈招呼他们的，她指着紧闭的房门，轻声说，大琳睡着了。大家喝完茶后，找个理由离开了。

博士看着大琳房间的方向，突然想起一个画面，瞬间冷汗直冒。

那天他晕过去之前，对着大琳大喊："要不是因为你，我会被麻将鄙视被兄弟嘲笑吗?你为什么不能离我远点?"

他怀着最后一丝理智,拼命推开靠过来的大琳。

然而每推开一次,大琳就再扑过来一次,她脸上冒的汗,不比他少。

博士神志不清地嘀咕:"你图我什么呢?"

大琳挽起他的腰身,低低地说:"你放心,这是最后一次。"

接着他在医院里醒来。

……

后来的一段时间,两人相安无事。只是大琳再也不给博士送爱心早餐了。

而且大琳好像开始相亲了。

有一次博士和朋友吃饭的时候遇到过。他看到大琳和一个陌生男生在吃饭。那个男人不知道说了什么,大琳笑得很开心,捂着嘴,笑得眼睛都眯成一条线了。

终于他们吃完起身离开,博士隐约听到那个男人说,那么我们去看电影吧。大琳点点头,谈笑着离去。

他拿盘子的手歪了一下,刚夹起的黄桃滑进了木瓜的碟子里,他松了一口气。

他心里知道,那不是如释重负,而是心里空了一块。

他何尝没有比较过,身边出现的女人和她。从各方面来说,她都是最优选,只是——他如果和她在一起了,他们兄弟之情的最后一块遮羞布也没了。

他怕大家看不起他,抢了哥们儿的女人。尽管,他并没有干涉到他们。

时间就这样,一点一滴地消逝,在稍微一犹豫的那个空隙里。

每个公司的茶水间和卫生间,永远都是八卦的聚集地。

在这两个地方,博士或多或少地知道了大琳的近况。他并没有听到大琳相亲成功的消息,每一次听到八卦的同事问大琳"你怎么还没有男朋友",他就在心里偷偷地开心。

有一天,他在茶水间听到大琳和同事的谈话。

"我要换工作了。"

"为什么?"

"留下来干吗呢?"

博士听完这句话,心里也一直在问自己。

大琳向来风风火火,办事利落。不到一个月,调遣令就下来了。

离开那天,她约了几个要好的同事一起吃顿饭,没有博士。

下班的时候,领导突然建议部门聚餐,送大琳。博士默默地跟在领导后面参加了饯别宴。

那晚,大琳很沉默,反倒是博士很活跃,饭后还提议去唱歌。就在大家都起哄着商议去哪儿唱歌的时候,大琳悄悄地走了。博士看着大琳的背影,很想鼓起勇气去送她,脑子里做了几番斗争,但还是没移动脚步。

周围的人吵得他头疼,他揉着眉头,想出门透透气。出门后,他就没有再回去,一双眼睛到处搜索,终于在马路拐角处,看到了大琳，她像是在等车。

"我送你啊。"

"好啊。"

两个人一左一右相距一米地走着，那天的路很长，星光很亮，只要稍微抬眼，就能看到一群星星在眨眼。

"你为什么要辞职啊？"

"想辞就辞了。"

博士好不容易鼓起勇气说了一句话，却又不知道该怎么接话了。

"就像当初喜欢你一样，喜欢你便表白了。"

"当时，你喜欢我哪一点？"

"都过去了有什么好说的。"

又是一阵沉默。

走着走着，迎面撞到了麻将。

三个人面对面站着。大琳突然挽起博士的手臂，博士看了一眼大琳，觉得心跳得很厉害。

麻将什么也没说，走了。

不知道为什么，博士突然觉得一阵轻松。一直以来，他很怕看到麻将，尤其害怕三个人相遇的场景，但是真的发生了，他反而觉得释怀了。或许，从他走进那间麻将馆的时候，就暗示着他们的兄弟情不在了吧。

如今，更是回不来了。

那又为何不好好珍惜身边人呢？

麻将一走，大琳挽着的手就松开了。

"你别介意,我不想让麻将觉得,我离开他后过得很不好。"大琳解释着,博士心里一酸。

他一把抓过大琳即将要抽回的手,拽在手心里,紧紧地握着。大琳也没有挣扎。

两个人别扭地手牵手往前走,任凭星光和灯光,把各自的影子拉得很长,在身后交错。

两人都没有再解释什么,就在一起了。

成熟的人的爱情,都是水到渠成,不需要太多花样的表白,牵了手便是认定你了,往后的发展更是一步步自然而然。

很久以后,大琳才知道那晚的部门聚餐,是博士暗地里绕了很多弯和领导提议的。

又是一年招聘季。博士买了一堆书,推到大琳面前:"快复习,考来我们单位。"

大琳很不屑地把书扔到一边,问:"为什么要考过去?"

"当初你辞职……我知道是我对你太冷淡了,我一直都很愧疚,那么好的工作,如果不是我……"

博士还没说完,大琳就乐了。

"赌下去的筹码早已经连本带利收回来了,我还去干吗?现在的工作,才是我喜欢的。"

博士愣了半天:"你那是算计?"

"当然。从你出现的第一天起,你就是我的'算计'对象了。"

博士目瞪口呆了半天。

大琳继续问博士:"你敢和我结婚吗?"

博士拿过随身携带的公文包,打开,掏出身份证、户口本,递到大琳手里,笑着说:"和你在一起后,每一天我都随身携带着身份证和户口本。"

大琳眨了眨眼睛,把博士的户口本和身份证拿了过来,放进自己的包里,问他:"你一开始不是挺尿的吗,怎么现在这么大胆了?"

博士笑着,拉过大琳,往民政局走去。

"你都向我的方向走了那么多路了,我总得画一个句号啊。不能耽误你,也不能放过你。"

很久以后,邮票问大琳,当初和麻将在一起好好的,为什么突然……

大琳狡诈地喝着酒摇着头,就是不松口。

酒后微醺,她说:"我这个人最厉害的地方就是眼光好,会看人,我要嫁的自然是那种有责任心有上进心的潜力股。"

"这么现实啊?"

"你以为爱情就是一场风花雪月,什么人都可以相伴一生吗?"

爱情这回事,谁都说不清,那倒不如——随心追逐去相爱吧。

幸好

你没

嫁给他

No. **9**

无声爱情

/ 行动的矮子

我不爱说话。

可是又有什么关系。每天，我都可以和老公聊天，从早到晚。

手机又响起了提示音，是老公发来的。

"老婆，我们见个面吧。"

一哆嗦，手机乘势一滑，"啪——"地落在地板上，在空荡荡的房间里，摔出一个回声来。

"呀——"我本能地喊了一声，赶紧捡起来，边角已经摔烂了一块，再看屏幕，直接黑了。这是新买的手机，我很心疼这么一下，但是我更在意刚刚看到的信息。

我赶紧开机。一边回忆着刚刚的信息的意思是——他要约我见面？

长久的10秒钟等待，从黑暗到白光出现，再到点开聊天窗口。那则信息静悄悄地躺在里面——老婆，我们见个面吧。

我迫不及待地回复："什么时候？"

对方正在输入中。

然后一行字跳了出来："下午5点，唐朝书吧。"

唐朝书吧，是文艺狗的好去处，我经常在朋友圈里看到，朋友们晒着低头看书单手握着饮料照。

不知道在我之前，老公约了多少人去过，心里突然萌发出一丝兴奋，我盯着手机，噼里啪啦地按着虚拟键盘，磨蹭了好久，才把字一个个删掉，回复了一个字："好。"

其实我们并不是夫妻，老公、老婆，只是我们在网络世界里的称谓。

我和老公，是在一个贴吧里认识的。当时，我正在逛一个贴吧，看见了他发的一个帖子。我看着那句话很久，然后给他发了一条私信。几番来回，我们就拥有了彼此的微信、微博、QQ和手机号码。但是我们约好了，只在网上恋爱，不在现实里见光死。

在这个时代，网络实在很恶俗，但是我满心欢喜。反正我也没有结婚，实际上，因为某些原因，周围也没有人愿意跟我谈恋爱。

屏幕那头尚未谋面的"老公"，是我情感世界里的唯一的寄托。

我们或许就是隔壁邻居，但隔着一整个现实社会，他看到的只是我的善解人意、大方可爱，我领悟的只是他的侃侃而谈、学识渊博，这样就够了。街道上的夜景，点点红灯闪烁，垃圾散发着恶臭，夜生活的人们在摇着啤酒瓶谈着黑暗的恋爱，我为什么要全部看清呢？我透过一点模糊的马赛克玻璃窗，就只看到那些朦胧的星光，有什么不好呢？

我们就这样，不做现实里的枕边人，只做屏幕上的有情人。

因此我非常好奇，他为什么突然约我见面。

我放下手机，认真地收拾起房间来，只是隔一会儿就去解锁手机看看，有没有新的消息发过来。

我每次慌张的时候，就会情不自禁地要做一些事情转移注意力，比如收拾房间瞎忙活。

碗洗好了，手机没有动静；地拖完了，屏幕还是黑色的；衣服都叠好了，手机还是安静的，没有新消息进来。

终于，房间里所有不整齐的东西，都非常符合处女座的审美一一码齐了，我要正式面对我发出的那一个"好"字了。

其实，很多时候，我看着彼此的聊天记录，也会盯着他的卡通头像发呆，想着屏幕那头的他，究竟是个什么样的人呢？高矮胖瘦,都不重要了,重要的是,我们能谈到一起去。

所以,我不得不承认,内心里,我是很渴望和他见面的。

打开衣橱,把里面的衣服一一拿出来,我来回试着,再坐到梳妆镜边,打开梳妆包。

临出门前,我揣了一本笔记本和一支我喜欢的钢笔。

老公来的时候,我正在书吧的三楼看书。

我盯着一本书的第一页的第一行字,没有下移过视线。说真的,我不爱这里的环境。书香味不清新,每个角落里倒是弥漫着浓浓的油炸食物味;小孩子们没有安静地翻着画册,反而到处喊叫着跑来跑去,声音传到耳里,我有些烦躁。我看了看时间,还有半小时到5点。

就在我被跑来跑去的熊孩子们吵得有点不耐烦的时候,他出现了。

尽管,我没见过他,但是我知道那就是他。

他比我想象的更阳光,更年轻,清瘦修长,眼睛大而有神。他从左到右地打量着这一排图书,然后嘴角一抿,走到我身边,拿起我手边的一本书,抽出来,找了一个位置坐下去。我看着他对着我这面书墙拍了一张照片,随即我的手机响了起来,出现了一个清晰的我和他的一句话:

这个地方,我觉得你会喜欢。

是的,我突然间就喜欢这个地方了。

"我在你前面。"我回复信息。

他抬起头看过来,我们像故人相遇般,对视,微笑,向彼此迈去。他替我拉开椅子,害羞地红着脸,我也红着脸坐下,从包里拿出本子和笔，写一行字递给他。

"你好。"除此之外，我不知道第一次打招呼要说什么。

"你想喝点什么？"

他看完，笑着看了我一眼，写完一行字，递给我。旁边还有一个笑脸。

我看着那个笑脸，有种错觉，感觉我们好像相识已久。

是的，我们的交谈都是用写的。

他那时候发布的那条帖子是想找一个女朋友，不会说话的女朋友。他说，在他年幼的时候，在一场意外里，他的母亲为了保护他，而成了一名哑巴。这么多年，虽然母亲没法说出她的爱，但是他都明白。

他一直觉得每一个哑巴都是一名安静的天使。

"我当时也是突发奇想地发了那个帖子，没想到却因此认识了你。"他在纸上写道。

"我也是。"我回复着。

我开始后悔出门的时候，没有打扮得更漂亮一些，拿皮囊上的优势去遮掩一些残缺，他仿佛看透了我的想法，告诉我，他很喜欢我这样，像一朵荷花，清冷美丽，没有杂质。

此后，我们见面越来越频繁，每一次交谈都很开心，比想象中更开心。

"安静的天使，你愿意让我来保护你吗？"终于，有一天，我期待的表白出现在他的笔下了。

他把笔记本递过来，看着我，眼睛一眨不眨地看着我。

无声爱情

我看着纸上的字，心想，我愿意和他这样，安静地在一个无声的世界里，相爱。

他是我喜欢的类型。而且我也不想听父母的安排，回到老家，嫁给一个大我 15 岁的离异老男人。

"愿执子之手。"我把本子递过去。

他很快递过来——"愿与子偕老。"

就这样，在 24 岁这年，我开始了第一场恋爱，和一个比我大两岁的公务员。

往后的每一次约会，他都会带上一本笔记本和笔。他说，等我们对话满一本的时候，就一起去见他妈妈；满两本的时候，就去见我的父母；满三本的时候，我们就订婚；满四本的时候，我们就结婚；满五本的时候，我们就要一个孩子……

虽然看着好难为情，但是我在他的"逼问"下，只好点头答应了。

"你真乖。"他的吻，落在我的眉心。

第一本本子最后一行被写满的时候，我看着他微笑着把它放进自己的背包里。然后在第二本上的第一行写着：亲爱的，我带你去见我家人。

不给我考虑的时间，他就拉起我的手，一起去超市选礼物。他对我打着手语：亲爱的，你这么好，我妈妈一定会喜欢你。

我也没想到，他妈妈为了欢迎我，做了满满一桌子的菜，席间更是不停地给我夹菜。他更是在桌子下踢着我的脚，朝我眨眨眼，似乎在说，你看，我就说我妈妈会喜欢你的。我感觉，不能再多吃一口菜了，我的心甜得快撑不下了。

饭后，他对他妈妈说："妈，你是几点去医院啊？"

他妈妈打着手语:"待会儿就去,不如带她一起。"

我一阵诧异地抬头看他。

他拍了拍我的头,用手蘸着水,在桌子上写字,告诉我他妈妈一直在做治疗,医生说康复的可能性非常大。

我不禁替他高兴,但是最后他说,不然你也去检查吧?

我心里一阵慌乱。

他继续写着:"说不定可以治好。"

我也学他蘸着水,问道:"你现在介意我不说话了吗?"

他发出一声NO,然后起身紧紧抱住我,再也不提去医院的事情。我不知道,为什么他这么敏感。后来,他再也没提过去医院,不过我也不想去。这件事就这么搁置下了。

有一天,就在我对着快写满的对话笔记本发呆的时候,接到了他的电话,他在电话里兴奋地对我喊着:"亲爱的,我妈妈开口说话了!"

他兴奋地说了半天,突然嘟囔一句:"我忘了你听不到。"

说着就挂了电话,改为发信息。

其实,那一刻,我多么想告诉他,亲爱的,我能听到,我能分享你的喜悦。我能和你交流你的开心你的悲伤,我其实可以。

我根本就不是哑巴啊,不过是投其所好,为爱噤声。但是,我喜欢看他低着头在纸上一笔一画地写对我们未来的憧憬。

等我赶去医院的时候,他坐在他妈妈的病床边,兴奋得像个孩子般地手舞足蹈,脸上挂着泪痕,也不知道擦。我掏出纸巾,向他妈妈打个招呼,便给他擦脸。

"可惜了,是个哑巴。"他妈妈的声音还有些手术后的虚弱。

无声爱情　　135

"妈。"他握着我的手,开心地拉过他妈妈的手,把我们俩的手牵在一起,"我打算这两天去见大王的爸妈。"

"傻儿子,你可别犯浑。"他妈妈不经意地抽开他的手,"这丫头那么怕去检查治疗,应该是没希望治好了。你别往火坑里跳,什么时候找个理由分了算了。"

"妈,别瞎说。"

他担忧地看了看我,我装作什么都没听到的样子,带着笑脸看着他。他松了一口气,压低声音说:"我不在乎她能不能说话。"

够了!

我什么都不在乎了,只要他这句话。

一个人爱你,能有多深?房子写你的名字,每天下班到点回家,你做的菜再难吃都会含笑咽下?……细节磨人,谁都有扛不过去的时候,但无论怎么,他都会不离不弃,就够了。我不要求万里挑一,事事完美。我只要,你心里有我,沧海不变桑田。

我明明感动得想哭,却要假装什么都不知情。

我暗暗告诉自己,我要加倍地对他妈妈好,感化她对我开始生出来的偏见。我开始积极地去他家吃饭,买菜、择菜、洗菜,帮着做些菜,然后洗碗擦桌子,到后来,他妈妈坐在客厅看电视,我一个人在厨房忙活所有的事情。

一开始,他也是很反对的,但后来,越来越觉得我是一家人了,就随我去了。

他妈妈虽然会跟他咬着耳说悄悄话,但是对我,面上还是很和善的。有时候,能听到他妈妈在我背后说,真是个好姑娘……

很快地,第二本对话笔记本,也写完了。我迫不及待地把本子递给他,我问他,第二本笔记本,还算数吗?

他握着我的手,一笔一画地写下:怎么会不算数呢?

我满心欢喜。

可是,当他告诉他妈妈,希望一起去看望我爸妈的时候,她却发了大火。

我们都没有想到,他妈妈反对得那么厉害。她冲进厨房,砸了厨房里的所有盘子,把我切好的菜都倒进了垃圾桶,大声喊着:

"你怎么可以找一个哑巴,还说明年打算结婚?!万一她生出一个哑巴怎么办?"

我惊慌失措地蹲在桌角,看着他镇定地打着手语:我和妈妈说些事情,你别怕。

他转过身,挡在我和他妈妈中间,对他妈妈说:

"妈,我曾跟踪过爸爸,早在你出事之前,他就出轨了,并不是因为嫌弃你不会说话了。他不在这些年,我们不是好好的嘛。你哑了那么多年,但是你依然是我妈。我爱你,我也爱大王,她也需要我。我会守护好你们两个人,还有我未来的家。"

他妈妈瞬间安静了下来。

我的心,也静了下来。我看到他妈妈偷偷转过身,擦了眼泪,我的眼睛也湿润了。

这是我第一次听他说这么多话,虽然不是对我说的。但是,我忍不住从身后紧紧抱住他的腰身。

她擦干眼泪后,弯下身开始收拾厨房,轻轻地说:"你要是娶她,那就别回来了。"

那天最后的结局是他拉着我摔门而出。我不停地比画着问他

无声爱情

怎么了,他都没理我,一个劲儿地把车开得飞快。我紧紧握着系在身上的安全带,不敢出声,只是一路担心地看着路况。好在路虽偏僻但够宽广,来往的车辆又很少。

突然旁边一辆车开过,他一脚油门去超车,不轻不重地撞上了那辆车。

车停下来,我慌忙拿出纸,正写着对不起,却听到对方下车就开始骂:"小狗崽子,你爸妈没教你怎么开车啊?"

我心里一惊,暗道不好,果然,他也尖着声音和对方骂了起来。骂着骂着,那辆车里又下来两个人,其中一个人手里握着一块大木板,往他头上敲了过去。

我不禁大声叫喊起来,扔掉手里的东西,扑过去趴在他身上,护着他。但他头上还是遭到重重一击,接着传来几声模糊的咒骂声和汽车的发动声,很快,那辆车消失无踪。

怎么办?他头上流血了,他伤得重不重?为什么他眼睛闭了起来?为什么我摇晃他,他没睁开眼?

"救……救……救……他!"我顾不得自己的头晕,爬起身,拼命地拉住刚巧走过的一个人,看着那个人惊慌地点头,掏出手机拨打电话,我才在模糊了的视线里,晕了过去。

我只要他活着,一切都可以。

也不知道过了多久,我醒来了,医生告诉我,没有伤及要害。我急切地问医生,他伤势如何。医生有些不耐烦地告诉我,他在隔壁病床,伤得也不重。过几天就可以出院。

这真是不幸中的大幸了。

我轻手轻脚地起来,穿着大大的病号服,走到他的床边,蹲在地上,趴在他的被褥上,看着他。从没有见过他熟睡的样子,真的好美好啊!

等我们出院,见了双方家长之后,很快,我每天早上,都可以看到他躺在我身边的样子了。我忍不住亲吻了一下他。

离开他嘴唇的时候,我看到他的睫毛轻颤。

他已经醒来了?

他突然睁开眼,盯着我,不同于我的满脸欢喜,他很安静。

他开口:"你一直在欺骗我?"

我心一惊。

"我听到你 —— 的声音了。"

我想躲开,回到自己的病房,却被他紧紧扣住双手。

"你会说话。"这不是疑问句,不是感叹句,只是一句很平常的语气,但是我心里怕得不行。

我忘了呼吸,只知道自己点了点头。

"我们好聚好散吧。"

一个人,突然被剥光了衣服,扔进了冰湖里是什么感觉?又遇上天黑,路旁无人经过,自己又不会游泳,是什么感觉?每每抓住一块冰面,以为可以支撑一瞬,却看见冰面支离破碎,又见下沉,是什么感觉?我只知道,我爱他,不能没有他,我们要一直好好聚,不能散啊。

我紧张得说不出话来,极力地跟他解释:"我……我……没……没……欺骗,只是……是……爱……爱……"

最后一个"你"字,我始终没有很顺利地说出口,却听到他的声音,像是从地狱传来:

"你还不如是个哑巴,我不能接受一个结巴。"

幸好

你没

嫁给他

No. **10**

枕边人

/ 小王子的礼物

觉得丈夫有些不对劲,其实有些时日了,但她一直隐忍着。

每次,当她觉得自己忍不住要爆发的时候,就会走进他们的卧室,打开柜子,找出他曾经写给她的情书,还有那一本本见证着从恋爱到结婚的相册,告诉自己,他曾那么爱她,或许只是一时鬼迷心窍吧。她一张张地翻着相册,却没有真的聚焦视线,直到有什么掉落下来,她捡起来,那是一张由电脑根据他们的长相合成的宝宝图片。她突然觉得,是时候要个孩子了,或许,有了孩子……

正想着,门口传来开锁声,然后响起他的叫唤声:"老婆……"

她紧张地藏起那张宝宝图片,一把收起相册塞进柜子里,还没来得及应答,就见顾不得换鞋的他走了进来,担心地看着她,带着一抹亲切的笑容问:"老婆,你在干吗?"

"整理床铺啊。"她朝床上摆摆手,心里想着,自己不过是看照片而已,为什么要这么慌?而他刚刚眼神里没藏住的慌张,她看得真真切切。她看着他顺利地切换着表情,扫视了一眼卧室,解着领带,往玄关走去。

他刚刚在慌张什么?为什么听到自己的回答,竟像是松了一口气,他是在担心自己发现了什么吗?可是,这是他们的卧室啊,每天都睡在一起的卧室啊。难道这里,有自己不知道的秘密?她再次一点一点转移着视线打量着房间。

他的声音从玄关处传来:"这些事情,让保姆做就好了,你别累着。"

"我把她辞了。"她走到门口,靠在门把上,看着他换鞋子。

"噢。"

他没说其他的话,用余光扫了她一眼,她知道,她看到了他假装不经意的侧脸。

她和他是大学校友,大一那年的圣诞节认识的,因为一场代送苹果的乌龙事件。每个学校的大一新生都做过这样的事情,加入一些社团,每逢节日,大家就会互赠一些小礼物,尤其是到了圣诞平安夜这类节日的时候,还会自发地担任起替同学送苹果的光荣任务。平安天使送错了他们苹果和信件,却让他们相识了。几个月之后,他们就真的在一起了,谈起了一场贯穿整个大学时代的恋爱,毕业后不久,两人就订了婚,再后来,就顺其自然地结了婚。

细细算来,他们在一起也近七年了。

当初他们搬进这个房子的时候,这个保姆就在了。这几年,保姆一直很贴心地打扫房子,为他们做饭,把他们的喜好拿捏得非常好。她没有理由地辞了保姆,他居然一句为什么都不问问,这是不是说明,他心里有鬼。

几天前的早晨,她比平时起得早了点,听到他压着声音和保姆说话。

"我知道。"

"先生,我有点担心太太。"

"别担心。"他的声音顿了顿,"总之,你一定要时刻注意,每一次都要在她注意到之前,抹掉所有的痕迹。"

时刻注意什么?抹掉什么痕迹?担心我什么?为什么不要让

我知道?他究竟指的是什么?连保姆都知道的事情,为什么不能告诉我?她紧紧捏住手上那一根长长的头发,轻手轻脚回了房间,对镜子里的短发发着呆。

她刚刚醒来的时候,从枕头下发现这根长头发,本来是想问问,是不是保姆在打扫房间的时候,偷懒在自己的床上睡觉了。她素来有洁癖,不能忍受其他人碰自己的东西,除了父母和他。可是,没想到撞见了他和保姆商量着一些不能让她知道的事情。

感觉身体里一只小兽在乱冲乱撞,她握着被单的一角,用力一扯,一床的被褥和布娃娃全都摔到了地上,连带着床头柜上的台灯和杯子,也滚到了脚边。这声响很快引来了他和保姆。

他们俩像是经过了彩排一样,同时看向她,带着同样的表情,有点慌张,有点犹豫,还有一点遏制的情感。遏制了什么,她一时也没看出来。

保姆甚至不敢看她,还是他走过来,抱着她问道:"怎么了,老婆?"

"没事,我不喜欢这套。"她冷冷地回答。

"那换。"她被他抱在怀里,看不到他此刻的表情,不知道他是怎样的情绪。

保姆听着,立即蹲下身,一一抱起来,走了出去。

她死死地盯着保姆梳起来的发髻,一丝不苟地圈着,不知道她的头发有多长。

结婚以后,她就当起了全职太太,家里就他们两个人,为什么当初会请保姆来,自己怎么一点都想不起来了?那根头发究竟是保姆不小心沾上的,还是其他人故意不小心沾上的?但是不管她怎么问,保姆都没告诉她,索性连理由都懒得找,直接结了一年工资让她离开了。保姆走的时候,几次欲言又止,但最后还是什么都没说。

她悄悄跟踪过保姆几次,但没有发现任何线索。

他已经换好了拖鞋,走进厨房,打开冰箱,看了一眼,宠溺地对她说:"你把保姆辞了,我们只能出去吃了。"她从冰箱里拿出一把面条,认真道:"我会煮面条。"他立刻走过来帮忙。

但那一晚,他们谁也没吃。因为她盐放得太多,面条还煮糊了。

黑暗里,她搂着他的脖子,在他耳边轻语:"老公,我们要个孩子吧。"他侧过身轻啄她的额头,一个"好"字,从她的眉心冒出来……

第二天,她兴冲冲地对着食谱在厨房里研究的时候,却接到他的电话,说要加班会晚点回去。电话那头似乎有女人的说话声,她屏住呼吸判断着。等电话一挂掉,她就换了衣服,开车去他公司,路上顺便买了一份便当,装作不经意地路过。

好在,办公室里只有他一个人。

她把便当递给他。在他埋头吃着的时候,她注意到他的电脑没有开机,他手边的文件没打开,他桌子上的纸张都是崭新的打印纸,甚至笔也在笔筒里安静地待着。

那么,他真的是在加班吗?一个公司的领导在加班,而员工竟然都不在?

她的心渐渐又沉了下去。

到底发生了什么,为什么感觉自己一觉醒来,这个世界就已经变了?当初父母说他是可造之材,把公司交给他打理,而他心疼自己,想让自己安逸舒服地在家做全职太太。她就答应了,学起了圈子里的太太们,没事就凑在一起打打牌逛逛街做做美容,可是又是从什么时候开始,那些太太也不和她联系了?

她的世界,好像只剩下他了。

她看着他的衬衣纽扣发呆,他所有的衬衫,都是她买的,那一粒粒纽扣在灯光下,发着幽幽的细光。

这天晚上,她失眠了。她安静地躺在床上,听着他均匀的呼吸声,看着天花板,直到眼睛适应黑暗,可以随着微不足道的光亮,顺利地起身,披件外套,轻手轻脚摸进了书房。

在他的纽扣上,有一个很小的摄像头,是她亲自安装上去的。

就在她盯着屏幕快要睡着的时候,听到一声娇滴滴的女人喊他:"老公,亲一下。"

她瞬间坐立起来,盯着电脑视频里一个长卷发的女人正搂着他,在他耳边低语:"老公,我想给你生个孩子。"

"不要脸!"她气得发抖,不禁骂出口。

视频里的他抚摸着她羞红的脸,小啄一口,说:"好啊。"

再也没办法看下去了,她用力一挥手。"嘭——"电脑掉到了地上。

隔壁房间里，响起了开关按钮的声音、拖鞋摩擦地板的声音，然后是他诧异的询问声：

"怎么了？"

"我摔了电脑！"她挑衅地看着他。他不动声色，伸出手来拉她，"先回房睡觉，天亮我来收拾。"对于她为什么半夜不在卧室而在书房，为什么摔了电脑，他一句不问。她正要责问他为什么反应这么冷淡，却看到屏幕上定格的那一帧，她弯腰伸手合起电脑，不知道他有没有看到。

她突然就转换为温柔的妻子形象："我来收拾，你回房，我马上就好。"

"好。"他吻了下她的额头，顺从地离去。她看着丈夫的背影消失，就像没来过一样，什么事情都不问，是信任还是冰冷？她坐在地上，与地面接触的那片地方，已经由刚开始的冰凉到与体温融为一体的炙热。过了一会儿，他又走了过来，递给她一杯牛奶，等她喝完，一把抱起她，回房。

他是在乎自己的，她挽着他的脖子想着。

再醒过来时，电脑已经不在了，书房的桌子上留了字条，说是电脑摔坏了，拿去修理了。

算了，坏了也好，只要他没看见那些视频。她没等电脑修好，当天就去买了一台新电脑，她没办法克制自己不去监视他。

他正在办公室里翻着文件。偶尔拿起电话，打给秘书，交代些事情。不知道他忙了多久，她也不知道自己盯着电脑监控了多久。直到看到他拿起手机，犹豫再三，对着手机说了两个

枕边人　　147

字,突然间的耳鸣,让她没听到那两个字,但是她认得口形,是——林林。

是的,是那个女人,曾好几次他在睡梦中喊着的名字。

"啪——"手机砸到大理石地面上,四分五裂开来。

这是她这个月以来,换的第十部手机了。

林林到底是谁?为什么,他开心的时候、疲惫的时候,甚至连做梦的时候,想到的都是她?她想冲进书房去质问他,但是她怕,她怕他承认。她盯着自己的肚子,一下一下地抚摸着。忍忍吧,等有了孩子。

最近的脾气变得越来越暴躁,很小的一个举动,都会让自己变得像泼妇上身。她甚至在去公司给他送饭的时候,听到有员工咬耳朵,说她有点神经衰弱。她当下就把那两人开除了,他没有说一句话。

发现自己有呕吐症状的时候,他比她还要担心。小心地开着车,带她去医院检查。一路上,都是他絮絮叨叨地说着各种注意事项,问她有没有哪里不舒服,是什么时候发现自己怀孕的。他紧张的样子,让她想起他第一次拉她的手,她想,多好,一切又回来了。

通过熟人的关系,很快便得知了结果,身体各项指标都很健康正常,要多休息注意营养,迎接小生命的降临。

回去的路上,他还跟她聊起了大学时候恋爱的细节。她忍着从身体里涌上的一股恶心,同样微笑地看着,他转头过来看她,伸出大大的手掌,她轻轻地把手放了上去。随后,她看到车子的方向偏了过去……

也不知道过了多久,从医院里醒来,看见爸妈瞪着红通通没睡好的眼睛,站在她床前,还有他,胳膊上打着石膏,也围在她身边。

他们什么都没说,但她知道,在她的身体里,有一样东西被剥离了。

她出院那天,他也坚持要出院。虽然他的石膏已经拆了,但是医生建议继续留院察看,他伤得比她重。听说,当他们快要撞上那辆车的时候,他为了保护她和孩子,朝她那边猛打方向盘,尽量避开了她的危险,但是孩子始终没保住。

他艰难地抱着她,半天说了一句:"老婆,我们会再有孩子的。别担心。"

怎么可能呢?她明明听到医生说,这次流产伤及了子宫,以后再怀孕,就非常难了。

她一把推开他,用了全部的力气。

"你说!是不是你做了什么手脚?"她一巴掌甩了过去,结结实实地落在了他的脸上,声音飘荡在空旷的走廊上,回声引来了许多围观的人,"我的孩子为什么会没有了,你是不是怕我把孩子生出来,我爸妈会把公司给孩子,你就没钱养小三了?你是不是心虚了,你为什么不把我也弄死?"

等她的父母反应过来时,他的脸上已经印上了一片红。

他绝对算得上帅哥那类人,在学生时代,阳光俊朗的形象招来一堆女同学的示好,就连和她恋爱公布后,还不断地收到情书。这些年经营他们的公司,也为了塑造成熟稳重的形象,而经常去沙滩上晒日光浴,企图把自己晒得黑一点。但是这世上有种人,就是怎么也不会晒黑的。每次从海边回来,他看起来似乎黑了一点,但是脱了一层皮,又白回了之前的模样。后来他就放弃了,位居公司高管,又摊上这副身材长相,难免招蜂引蝶,所以她每隔一阵子,就去公司视察一下,开除了好几个年轻的小秘书,直到后来他一直只用男秘书。

但她这样闹,还真是头一回。

爸妈好说歹说,才劝开他们。她在车里,也一路不安分,拉着他的胳膊哭得一把鼻涕一把泪,全蹭到他上个星期才新买的衬衫上,或者像击打小鼓一样不停地捶着他的胸膛,嘴里一直哭喊着不公,嗓音越来越发哑。

她的妈妈看着这场景,几番要去拉开女儿,都被他摆手拒绝了,他说:"妈,没事,她闹一会儿就好了。"

她的爸爸低声问司机:"他们经常这样吗?"

司机只答了一句:"小姐那是太在乎丈夫了。"

这一句话,足以让她的父母沉默了。

在女儿小的时候,他们忙着事业,无暇顾及,请了一个保姆接送上学管吃陪住,后来一次意外中途回家发现那个保姆在打她的时候,医生说她已经得了不轻的自闭症。后来不管怎么陪她,她都不太爱说话,一直是一个比较害羞沉默的女孩,直到上了大学。

他们到现在都还记得,女儿笑容满面地挽着爸爸的胳膊撒娇,要他买一部新的手机,说是送给男朋友的样子。对他们来说,女婿的出现,拯救了自己的女儿。

这些年,看着这小两口这么恩恩爱爱地一路走来,他们都快忘了女儿曾经黑暗的一面。直到流产,失去这个孩子给她的打击,比他们想象的还要大。

"爸爸妈妈,他在外面有女人!"

她一回到家,就咆哮起来,拉扯着他的领带不肯松手。他低下头,脸上的神情让她作呕。一直以来,他都在装,装作一个好丈夫,一个好女婿,实际上,他早不爱她了,心早给了外面的莺莺燕燕,但是他却不承认,让所有人觉得,她是多么地身在福中不知福啊。

"孩子——"

爸爸面露难色地看着女儿,又歉意地看着女婿。

倒是妈妈走过来,扳开她的手,松开了她揪着的领带。

果然,连自己的亲生父母都不相信自己。她忍不住喊了起来:"他在外面有女人,我都知道。那个女人有大大的波浪头,她叫林林,我听过他在梦里喊这个名字。她叫林林!"

妈妈擦着眼泪看着她。爸爸也转过头,悄悄地擦眼睛。

他更不顾衣衫褶皱不整,跑过来抱紧她,抚摸着她的大波浪卷发,一下一下地,像是安慰一个孩子,声音有些哽咽:"老婆,林林是你啊。你忘了,你叫林林吗?"

她突然呆住了。

她叫林林吗?怎么自己不记得了,为什么会这样?

"不可能,那个林林是长发,我是短发,我知道了,只是名字相同而已。"她抓起自己的头发,却发现,自己的头发竟是那么长,"为什么?我明明记得自己一直是短发啊。"

突然觉得一阵头晕。

"你会好起来的,林林。"他抱着她,轻拍着她的后背。在他的怀里,她开始犯困,闹了这么久,体力早就跟不上了,一阵困意袭上来,上下眼皮开始打架,哈欠也夹在说话中间,一个又一个地阻断了她的说话。她不小心歪在他的肩膀上,睡着了。

他朝岳父岳母点点头,抱她回了房间。

他抱着她,慢慢地走到床边,掀开被子,放下她,调整着枕头的位置,再轻轻地脱掉她脚上穿着的两只不一样的拖鞋,再把她的身体摆正,被子盖好,被角掖好,最后,他低下头在她的额头轻吻了一下。

从开着门的缝隙里,客厅里的她爸妈看得真真切切。

妈妈轻轻叹了一口气:"难为这孩子了。"

他走出卧室,倒了杯开水,冲泡着牛奶,跟岳父岳母小声说:"爸妈你们先回家吧,我给她倒杯牛奶。"

送走了岳父岳母之后,他拿着那杯牛奶,回了房间。她已经睡着了,但还像之前那样不安分,不时地发出一些梦呓,模模糊糊的,听不太清楚。

他摇摇头,笑了一下,走到了保险柜边,输着密码打开,从里面拿出一个没有标签的瓶子,倒出一粒药丸,融进了牛奶里,再把瓶子仔细放好。

"林林,起来喝口牛奶。"

她迷迷糊糊地揉着眼睛,接过,慢慢喝干净。

他扶着她睡下去,对着她的额头吻了一下。顺手把杯子扔进垃圾桶,从口袋里掏出手机,发了一条信息:

我的宝贝林林,最近有没有想我?

幸好

你没

嫁给他

No. **11**

时 空 邮 差

的 情 书

万事万物都有尽头，在一开始就注定了。

不记得从事这份工作多久了，就像这些看似飘在窗外的星星，谁也不知道哪一颗是最先出现的，但能确定它们在什么时候消失。

小明看着窗外的星云发呆，突然拉开窗户，猛地把头伸出去，感受一股突然而来的异常猛烈的窒息，再慌慌张张地缩回来，挣扎着向后仰着身体，拼命地关上窗户。

大气层的压强，还有各种射线，差一点就要了他的命。没办法，这是L阶层人的宿命。

如今的时代，已经没有国界之分，甚至没有了星系之分，只有W、E、L阶层之分。W阶层的人，生活在环境最优越物质资源最丰富的0星系，0星系里不仅有改造良好的人造星球，更有原始、稀缺、自然进化的星球，里面每一个球体，都是标准的圆形——听说W阶层的领导人是一个很矫情的处女座，他喜欢完美，更希望W阶层的每一个人都很完美，生活在其中的人们生来不用操心生存，他们不用操心怎么获取宇宙贡献值，就可以拥有无可限制的空间利用度，他们都住在大大的房子里，由于过度幸福，普遍比较胖。在地面上，到处都是矮小的楼房，大大一片五光十色的花园，有些人还拥有令人羡慕一辈子的私家公园和宇宙飞舱。而最让人望而生畏的是，他们生来就会被注射一种抗体，可以不借用任何装备行走在宇宙任何一地，只要他们高兴，完全可以裸体在宇宙之中奔跑，那些骇人听闻的射线、辐射，那些飘浮在大气层上空飞来飞去的垃圾物，对他们完全无害。

E阶层人介于W和L之间，他们所享有的是良好的一切，他们虽然不能像W阶层那样被注射抗体，但是他们每个人在出生之际就可以领取一套完全功能的衣服，在往后的每一年，都可以按月领取。那些衣服的功能不亚于W阶层的抗体，稍微逊色的是，可能衣服的样式较统一，美观度不够。

但是L阶层，他们既没有抗体，也不会有完美功能衣服的待遇，很多人穷其一生，都没办法离开室内。唯一可以切换的场地不过是休息室和工作舱之间。

小明是个例外。他是L阶层中为数不多去过很多星球的人。

小明有一份很特殊的工作——时空邮差。

一开始他也不明白，为什么这个年代，还需要这么一份不可理喻的工作。这个时代的任何物品，明明靠着分子分割再重组，就可以送到宇宙的任何一个地方。

对此，L阶层的领导团队解释为情怀："我们虽然生活的环境差一点点，但是我们比他们更多一些情怀。"

"情怀个鬼，那明明是W阶层才会讨论的玩意儿，是那些生活无忧无虑的人想寻点乐子罢了。"同事UA001抱怨道。

当他们拿着古老的信件或者明信片或者包裹，坐在飞船里，看着玻璃窗外暗黑之中涌动的星云时，至少小明是很激动的。他不像其他同事们选择休眠模式，他一直靠窗坐着，盯着窗外的每一秒风景。

有一回，他似乎看到一颗类似眼睛一样的水滴状空间站，晶莹剔透，那个模样印在脑海里，很深刻。

他很热爱这份工作，发自内心。

可是好景不长，人们的热情逐渐减退，如此长时间的寄送，令人失去了耐心。在这个时代，你想见一个人实在太容易了，在W阶层，只要念一遍对方的名字，不到一秒，无论隔了多远，都可以很愉快地坐在一起喝咖啡了；在E阶层，其实也能轻松做到，只是花费的时间长一些。只是这在L阶层，比较困难些。因为人们没有防御的装备，而屋外的环境，实在很恶劣。

有一次新闻报道，有个母亲在岗期间，通过监控看到自己不足1岁的女儿不小心爬出了室外，她焦急得心如火焚，也只能眼睁睁看着孩子挣扎着停止呼吸。

久而久之，时空邮差这个工作，成为L阶层的专用了。因为，这种耗费时间去寄送的方式，需要付出的空间面积比分子重组要低得多。只不过要多些耐心等，毕竟拿多余的东西去换稀缺的，是人的本能。

UA 001块头很大，标准的UA星球人，热爱自由，但讨厌这份工作，每当他拆开包裹，从开始分拣到出门，这期间，满仓都是他的抱怨。

不过很快，他就没抱怨了，他被调遣到电子邮差中转站工作，专门处理那些喜欢复古发邮件的"情怀佬"。

其实也因为，需要人工时空传送的信件或快递越来越少了，领导认为这个岗位留一个人就够了,反正那些人付不起空间面积,多等些时间,又有什么关系?

L阶层的领导人是一个金牛座,凡事力求最小成本最大收益。他常常揣着一个远古时期的中国老算盘,胡乱拨打着,显得自己很有学问很考究而不是那么计较得失。

拿星座去区分人,是一件很无聊的事情。不记得多久之前,是谁说过这句话,小明摇摇脑袋,是谁不重要,重要的是日子太寂寞。不去做一些无聊又有趣的分析,漫漫岁月,要怎么度过呢?

但这样的生活即将成为过去式了。

小明透过玻璃窗看着远处的暗光,摸索着拿起桌上那张盖着红戳的纸,在签名处写下了自己的大名——CA 86。

是的,他叫CA 86,祖籍是一个叫作中国的地方。按照中国的习俗,他给自己取了一个中文名,只是在这漫长的时光里,他忘记了自己属于哪个姓氏了。

他把签过名的纸放进一旁的信封里,待会儿会有人来取走它的。

这是他坚持的仪式。

那是一份解雇合同。

他将是这个宇宙里最后一名邮差。L阶层的工作压力越来越大,越来越多的人无法找到工作,而对应的领导层却迫于生存空间的压缩,不得不裁员,减少空间面积支付,以求减轻领导当局的压力。

他站起身,拿过一旁的包裹,那里的信件和包裹,一共有十份。送完这些,他就要回到自己窄小的休息室里,等待休眠了,或许是永久性休眠。

根据邮差法,经手的每一件物品,他必须要拆开,扫描存档,登记在册。

若是平时,他一定会一次性拆开所有的包裹,根据距离就近和路线方便原则,决定派送的顺序。但是今天他没有,他一股脑儿地把所有的包裹塞进飞船舱,按照寄存的顺序拿出。

第一份包裹里是一个小小的八音盒。是寄到W阶层的,地址显示的位置他分辨不出来是什么地段,但是没关系,他可以根据飞船导航设定。他留意了下,发现寄件人没有留下地址和姓名。

根据导航指示,他到达目的地需要三光时。他盯着窗外发呆了三光时。到达目的地之后,他穿上时空邮差工服,抱着包裹下舱。其实他不喜欢这件衣服,但是如果他不穿,在舱外,他活不过九分钟。

只是他没想到第一个包裹的收件人居然是W阶层的领导人AA29。

AA29拆开包裹,不知道按动了什么按钮,一段轻巧的音乐就冒了出来,像是黑夜里防不胜防突然划过的一阵流星雨。

音乐很陌生,小明忍不住停住了脚步。

"小伙子,你过来,帮我回寄个东西吧。"

"可是对方没有留地址。"他其实想说,我时间不够了,没法帮你了,但是却看到AA29眼睛里似乎噙着眼泪,"我知道她的地址。"

既然他是W层的领导人,那如果帮了他,他给的报酬,应该很多很多吧。会不会一个高兴,送自己一个起居室那么大的空间礼券呢?小明不敢奢望太多,跟着他一步步走进他的休息室,哦不,应该说他的家,他的王国。穿过偌大的花园健身房,路过一间一间的起居室,还有放着各种收藏古董玩意儿的书架,各种新奇百怪的新发明……那空间面积,不知道是他的多少倍。小明暗暗吃惊。早知道W阶层的人拥有可供挥霍的空间,但是不知道居然是这么多。对比一下自己那间仅放得下一张单人床的小空间,这简直就是一个星系和一颗星球的区别了。

小明走到一间叫作"书房"的门前,AA29走进去,关紧了房门,好久没出来,里面静悄悄的,什么声响都没有。

"进来吧。"

良久里面发出AA29的声音。小明推门而入。

AA29拿着一封书信递给他:"帮我交给她。"他拉开一个布帘,露出一个硕大的机器。小明认得,那是一个分子重组机器,即它可以瞬间把任何物体分解,在指定的时间到达指定的地点后,分解的物体会再度恢复原样。所以它又叫作时空瞬移。

W阶层的人,果然太高高在上了。

"我身份特殊……麻烦你走一趟,帮我送下回信。"

说着不由分说,拉着小明的手按在扫描仪上采取指纹,再飞

时空邮差的情书　　161

快地设置时间地点。小明紧握着信封,诧异地看着仪器上的数字,再看向AA29:"那个时间……"

一眨眼,眼前的风景就变了样。

W阶层的人都是这么霸道!小明在心里嘀咕着。

此刻,他站在一间小房子前,门紧闭着,蓝色的油漆刷得很均匀,门上有一条细细的裂缝,露着原木的颜色。他正要敲门,门内传来一声把手转动的声音,随即门开了,一个身穿白色连衣裙的女人伸出头来。

"请问你是?"女人伸手挡在额头上,一缕细碎的阳光照进她的眼眸里,她微眯着眼睛,倚在门框上。

"我是时空邮差,这儿有一封你的信。"小明晃了晃右手,正要拆开。

女人轻巧抢过,蹙眉,满脸不悦:"邮差怎么可以随便拆别人的信?"

"根据《邮差法》……"小明张张嘴,动了两下,默默地垂下手,这个时空里根本没有《邮差法》再说即使有也没必要那么在意,他将是一个休眠人了。

这个女人是谁?为什么AA29要送信给她?她是那个没留落款的人吗?可是根据《邮差法》,没留落款只有一种情况——当事人在信件寄送之前已经不在人世了。那么再回到过去,给过去的人送信,有意义吗?写的到底是什么呢?

小明胡思乱想着。

"喂,这个哒儿令是谁?我不记得认识这么个人啊。"女人挑眉,甩了甩手上的信纸。

小明扫了一眼,似乎是一首情诗。

哒儿令是 AA29 吗?他给自己取的中国名?好奇怪的读法,小明不禁摇摇头。

"我要给这个哒儿令回信,你等我会儿,待会儿把信回给他。"说着,女人"噔噔噔"跑回屋子。过一会儿,屋里传来撕纸的声音。真难得,过去的岁月真好,纸张可以随便使用。

她把信纸简单地垫在桌面上,"嘚嘚嘚",笔尖响个不停。正当小明以为那是一篇巨作时,她停笔了,"噔噔噔"地跑出来,一把塞进小明手里。不屑的神情,向着小明:"告诉写信的人,我偏偏要在后天去见那个叫作大海的人,我偏要爱上他。"

大海?

小明一愣。

"拜拜——"对方调皮地摆手,关门。

他转过身,不敢离去。他只能在这里等着,等着 AA29 把他召回去。他没有任何线索任何方式,回到自己的年代,即使有,他也不敢冒险,万一穿梭回去的地点刚好在太空呢,他可不想变成一大块垃圾围绕着某个星球不停地转,经过某些垃圾块时,还会被拉长像一根面条,而经过另外一些物体时,又被拉扯得像一个冬瓜。

冬瓜。

多美味的一种食材啊,这辈子只吃过一次,是在成人礼那天,是统一从实验室里拿出来的,分给了他一小颗。就是皮质有点硬还有点毛,但是果肉味道真的超级棒啊。

思绪飘得那么远,是因为此刻,他饿了。

他拿着那封信,拆开,他想看看这个女人给AA29回了什么,反正在他的年代,他有权拆开所有信件。

王八蛋的哒儿令:

你凭什么奉劝我后天不要去相亲大会?你不知道女人到我这个年纪都要为生育一个优秀的后代,而选择一个基因健康的男人吗?

我后天偏去,还偏要说服自己那个大海是一个很好的人,我就是要爱上他,和他生一堆孩子,然后获取移换星球资格,过着潇洒令人羡慕的日子。

但是感谢你的八音盒,我很喜欢。

魅力无边的小京

原来那个会发出音乐响声的东西叫作八音盒。虽然看起来很幼稚,但比起想听什么音乐划一下手指装备就能听到,这种笨拙的方式很浪漫。

小明把信纸塞进信封,翻过来,前面写着一行字:致一个暗恋本姑娘而使小心眼的男人。

真是一个有趣的女人。

这个还没有移换星球之前的时代,时间流逝方式太不一样了,他分不清时间的算法,但确信此刻自己很饿。

他不知道自己现在能干吗。这个时代，他没有生活过，不知道饱餐一顿，需要花费多少空间额度，而自己是一个外来人，在这里一无所有，更不愿意为了一个陌生的使命消耗自己那点可怜的休息室空间。

小明倚在门边，恍恍惚惚睡着了。

突然感觉身后没有了支撑，他跌倒在地，睁眼，小京扶在门边诧异地盯着他。

"所以，你不知道怎么回去？"小京听小明一脸认真地说完，暗暗叹气，这个看起来很正常的人，为什么脑子有问题呢？

"行，在你朋友来接你之前，你就跟着我混日子吧。"小京豪气地拍着小明的肩膀。

刚开始小明很惶恐，但坐在还算宽敞的餐桌前吃下小京下厨做的饭菜后，他开始羡慕这个时代。居然可以购买食材自己烹饪，而不是排着队拿着自己的空间额度去兑换——那种每天吃了一顿饭就提心吊胆晚上可能没地方睡觉的日子。

不用担心就是幸福。一旦有了满足感，时间过得就不会那么煎熬了，时差也不是一件很扰人的事情。在这里，他可以悠闲地踱步，可以在饭点闻着各家窗户里飘出来的饭菜香，可以坐在客厅里舒展着身体看电视，可以睡在小京家里软软的沙发上一夜到天明……一天的时间，过得竟也是很快。

第三天一大早小京就起床化妆。

路过客厅时，她叫醒了小明。

"今天本城将举办一场很大型的相亲大会，你也收拾一下

时空邮差的情书

参加吧。"

距离相亲大会场地很远的地方，小京就提出两个人分开。小明担忧地看着小京，很怕自己活不下去，但是小京开心地撒开脚丫就跑了。

他一个人意兴阑珊地逛着，不时地拿过桌上的点心饮料，学着旁边人的样子吃着。

就在他一饮而尽一杯烈性酒时，他看到了AA29，站在小京身边，他踉跄地过去，一把抓住对方，嘀咕："你得让我回去。"酒劲突然上头，话音未落，人就倒了下去。

两人好不容易把他扶起来，他双眼迷蒙，随手拉住对方的一只手不放："不，还是让我在这里居住生活吧。"

"他在说什么？"年轻的男人问小京。小京耸耸肩，摇头："我也是才认识他的，他说他是一个时空邮差。"

"时空邮差？"

"一个莫名其妙的人给我写信，让我不要参加今天的相亲大会，更不要去认识一个叫作大海的人。"

大海指着自己，问道："是说我吗？"

"我翻看了今天的所有登记名单，今年的几千人里只有一个叫大海的。我就好奇了，没想到我们聊得还不错。"

两人相视一笑，眼神久久不愿移开。

后来，大海和小京一起把醉倒的小明送了回去。临别的时候，大海变魔术般地从身上掏出一个小礼物，送给小京。小京拿着礼物，红晕飞上了脸颊。搭在大海身上的小明，迷迷糊糊睁开眼,盯着小京手上拿着的物什看了一会儿,又睡死过去。

次日睁开眼,小明发现自己回到了自己的时空。不需要打量周围,意识稍有恢复就能感觉到,这个时代的熟悉感。

AA29正坐在一旁,手里拿着那封回信,看着窗外,远眺。窗外是他家空旷的花园,在一个个各种形状下笼罩着各种植物,正泛着五颜六色,是的,只要AA29高兴或者不高兴,这些植物瞬间就可以换成其他颜色,还有那些注射了免疫疫苗的动物,可以自由自在地散步——比他的基因要好得多。

小明心里有很多疑问,但是他不敢问。他轻声喊了AA29几声,不见回应,对方似乎太入神了。他默默地铺好床褥,起身,退出房间,关门,离开,回到自己的飞船舱。

接下来,该送第二份快递了。

他拆开,里面是一种盖了小盖子的空管子,很小巧,看得出来,很有年代感了。他翻了翻地址,依然是AA29。这个人为了给AA29寄快递,应该付出不少。

根据《邮差法》,短期内重复投递收取的费用是叠加的。

他硬着头皮下仓。

AA29拿着那个空管子,问他:"她过得好吗?"

"嗯。"小明点着头。

AA29拿着小空管在一个机器前捣鼓,直到管子里被填满一种红艳艳的膏体,闪着细微的光,像夜晚的天空上布满星辰。AA29一边听小明讲上一次的所见所闻,一边仔细打量那种膏体,突然打断小明的话:"你见过女人涂口红的样子吗?"

"旋出一点，沿着唇形，从左到右，从上到下，然后一抿嘴。"AA29手上的那管口红不停地旋动着，红色的膏体进进出出。

小明看着口红咽了咽口水，那口红让他想起小京请他吃的胡萝卜拌饭，胡萝卜的味道真是美妙极了。他突然渴望AA29再次委托他去送信。

果然，AA29又说："再帮我送过去吧。"

当小明再次出现在小京面前时，小京脸上的表情分明在告诉他，她很生气："你这个人太恐怖了，居然莫名其妙就消失了。"

"我是被时空瞬移带走的。"小明诚恳地解释。

小京不屑地翻了一个白眼。

"这位小明同学，你知道我的身份吗？我是这个国家数一数二的科学家，我现在研究的课题之一正是你说的这种技术，有没有成形，我比你清楚。我警告你，你要是把我当朋友，走之前必须和我说。不然绝不收留了。"

小京絮絮叨叨地数落小明，让他感到温暖。他从口袋里掏出AA29用时光机复原的那支口红，递给小京。

"送你的，还有这封信。"

小京欣喜地接过口红，坐到梳妆镜前，把信放到一边。摘掉口红盖，旋出一些红色膏体，从左到右，从上到下擦拭，和AA29描述的一样，可是亲眼见到更惊讶。好看的红留在好看的嘴唇上，像是游戏里的小号突然开了挂一样猛烈，一下子就击中了他的心脏。

这时门铃响了，来人是大海，他拘谨地递过一只小盒子，小京打开的瞬间，小明的心抖了一抖，那是一支口红，一模一样的。

小明第一眼看到大海的时候，就明白了七七八八。AA29分明就是未来的大海。他前后两次送给AA29的快递、八音盒和口红，分明是他以前送给小京的礼物。但是，小京死前把这些东西都寄给AA29到底是为了什么？

他摇着脑袋，这不是他应该考虑的问题。

看得出来小京很喜欢那支口红，每天出门上班都会涂，顺便留一支随身携带，只是两支一样，小明分不清她带的是哪支，估计她自己也是瞎拿的吧。

过了好几天，小京才想起那封随手放在梳妆台上的信，她很快就看完，脸红了一会儿，一个人跑到卧室关紧了门。好久之后，她递给小明一封写好的回信，一边气鼓鼓地说："告诉那个哒儿令，喜欢我就自己来追我，别跟我玩躲猫猫。"

说罢就进了厨房，哼着小曲，心情愉悦地做起了晚饭。

那天晚饭很丰盛，大海也来了，他抱着一捧花，种类不一，颜色搭配得也很好看。小明不太认识那种花，只觉得那香味让人很想哼小曲。

怪不得那晚小京洗碗的时候都在哼小曲了，小京想，他隐隐觉得AA29应该很快就召回他了。

果然当他再次回过神来时，他已经在AA29的家里了，他正坐在台灯下翻阅小京写的回信，手边放着一束干枯的干花标本。小明瞬间联想到大海怀里抱着的那捧。

小明从背包里摸出第三份快递，它已经被拆开，里面还残余

时空邮差的情书

着一片干花瓣。

原来每一份快递的物品,在现实里都一一对应着。

那天傍晚,蓝色木漆门敞开着,小京站在屋内,被夕阳上了一道红艳艳的妆,大海抱着那束花在门槛上单膝着地,轻轻问道:"小京,你愿意做我女朋友吗?"

花美时容易,枯后难芬芳。即使是时空机器能恢复如初,也会有偏差吧。

往后,小明开始在两个时空间不停来往,把快递按照顺序一份份送给AA29,AA29再恢复如初加上信件送给小京,小京回好信,小明则等着AA29召回。AA29毕竟是W阶层的领导人,政务繁忙,有时候就会忘了小明的存在。他就不得不在那边生活一段时间,按照小京生活的那个时代的算法,最长的时候他曾滞留了一个季度。

在这段时间里,大海和小京的感情升温非常快,快到每天分别时候互相凝望的眼神,让他头皮一阵发麻。他是能感觉到变化的。一开始两人出去玩会邀请他一同去,几次之后连客套话都省了,直接对他摆摆手告别。

那天,他尝试着做了三人餐和他们一起就餐。

小京笑着摆手,说自己吃过了。大海坐下来,开了瓶酒,陪小明喝着。自从尝到酒的滋味后,小明一直念念不忘。最后大海说:"不如你住到我那里去吧。"

他明白,这意味着什么。

刚开始大海早出晚归,后来直接夜不归宿。再后来,大海的房子就成了他的居所了。

有时候,小京也会问小明,他背后的雇主到底是谁,那个哒儿令为什么每次送的东西都和大海那么不谋而合。小明都只是摇摇头。

但在这段时间里,她也开始相信小明是来自未来的某个人,而那个哒儿令对未来和现在都了如指掌,她经常一问就是一堆问题,而哒儿令每次都会一一回答她,但就是不肯透露一些核心技术,还告诉她,这是为了社会稳定。

"你说这个哒儿令摆什么架子啊,不说就不说,还跟我说这么多大道理。这次我坚决不会回信了。"每次她都和小明如是抱怨,但每次又依然塞给小明厚厚一叠信纸。

"就当交个笔友好了,我记得历史上有这么一种友谊的。"

关于小明的身份,他们约定好了,是两个人之间的秘密。

……

当第八份快递送过去的时候,小京沉默了。

那枚戒指是小京和大海逛商场时看中的,大海装作很淡定地找话题把她拉开了,但以她对他的了解,他会偷偷回去买下来。她乐于享受这种感觉,也装作不知情,开心地等待。但是这会儿,这个神秘的哒儿令居然送来了一模一样的戒指,如果这个人不是个变态跟踪狂,那么他是谁?

"哒儿令是不是未来的大海?"

她早就想问了。

面对小京的逼问,小明再次选择了沉默。他只是做好自己的分内之事。

那天他被召回的时候,他没注意到角落里有双大眼睛一眨不眨地看着他。

包里还剩下两份快递。

小明拆开第九份。

那是一张很普通的纸,上面写着一句话:如果可以,倾其所有,我想再见你一面。

不知道她写这句话的时候,是什么样的心情。

小明拿过第十份邮件,想早点从这件事中脱身,他瞄了一眼,收件人不是AA29,他随手放下了。

小明把那张纸递给AA29,他接过,看了很久很久。

那天,AA29开了一瓶酒,递了一杯给他。

也是那天,他知道了AA29的故事。

通常人们都很恋旧,对一个时代的模式很熟悉,在一个地方生存了很多年,往往不愿意更换生活环境和方式,尤其更换得那么彻底。

但是没有什么可以阻止自然规律,有生必有死,有开始就会有结束。当检测到那颗星系没法再居住的时候,整个人类都开始计划迁居。科学工作者们的工作就是找到合适的地方,以合适的方式送大家过去。当时的AA29即大海，和小京都是参与其中的科研工作者，但是他们不知道彼此，那项工作是保密的。

后来他们相遇相爱了。

当他们知道分配制度后，大海为了能顺利被派遣到W阶层，悄悄更改了名单，后来……

小明想问后来怎么了，但是他忍住了。他知道，AA29自己会说出来。

"后来我才知道，我改的那个人居然是她，我成功地通过了筛选，她没有。再后来，我们通过筛选的人都获得了当时最先进的疫苗注射，我们的抗体、我们的生命都被跨时代地改变了，但我失去了她的消息……我也没脸去找她。

"原本我只是一个人缅怀，只是没想到她把我们曾经的信物一一保存了下来，在死后全都寄给了我。她应该一直在关注着我的一点一滴吧，但是却不来找我，我不知道她是不想，还是没有条件来找我，就像你们L阶层的人，大多数穷其一生都没法理解工作舱和休息室……明知道她已经不存在，可还是念念不忘，我这个机器……"AA29随手一指，小明知道他说的是那台时空瞬移机器，"但是我不能回到过去，那会造成很大的混乱。"

AA29仰头喝了一口酒，再也没往下说。

很久，他才突然说："你再帮我一个忙吧，我分一半的空间额度给你。"

"你可以让我生活在那个年代吗？"小明迟疑地提出了要求。在

时空邮差的情书　　173

这个地方,他没有朋友,没有亲人,一无所有。在那个年代……至少他有两个朋友,如果运气好的话,应该也会有亲人吧。

小明知道这对AA29来说,是一件很简单的事情。他这么一个小人物去哪儿都不会有人在意的。

AA29点点头:"也好。"

小明再次回到过去,静静等待大海修改名单的那天。

按照AA29的设定,他很顺利地出现在大海前往实验室的路上。

"小明,好久不见啊。"大海热情地和他打招呼,声音有些颤抖,有些焦急。

小明伸出手,递过一封信。

"这是什么?"对方疑惑地接过去,瞄了小明一眼,拆开,脸色立刻变了。

"这是……真的?"大海不敢相信。

"是未来的你委托我来的,相信你们也早有察觉。"

"如果你不相信,你可以扫描我的指纹,进行全面扫描,绝对是查不到我的存在的。"小明见大海犹豫不决,提议道。

大海带着小明去了实验科,全程半信半疑,但是当他看到扫描结果后,他不得不相信小明说的是真的。而且,那封信的笔迹是自己的。他在扫描小明指纹的同时,也扫描了纸上的指纹,除了小明的,只有自己的指纹。

他说的是真的。他爱小京,他不能那么做,即使可能会影响到他的分配比率。

但是小明被召回后，发现小京还是同样的结局。

AA29盯着小明："你确定大海没有修改小京的数据？"

"我一直跟着他，并没有看到他修改其他人的数据。"

"那问题到底出在哪里？"AA29瘫倒在地板上，一动不动。

过了很久，他突然起身，对小明说："你再回去一趟……"

这次，小明带回了答案，正如AA29的猜测，是小京修改的，她级别比大海高，她把他们两人的编号替换了。也就是说，当今的AA29，原本是小京的编号……

"她问我，你在未来过得好不好。"

"……"AA29没有吭声。

他颤颤巍巍地走向书桌，逐一抚摸着小京生前寄给他的东西，还有最后一封信。

……

"我自己过去一趟。"AA29独自一人走进了时空瞬移机。小明没拦着，他的眼皮开始不受控制地跳动起来，AA29可是W阶层的领导人啊，万一有个什么闪失可怎么办？W阶层会受到怎么样的威胁，没人敢预测。

也不知道过了多久，AA29回来了。面容很疲惫，但是他却很放松。

他对小明说："一切都该有个了结了。趁现在我送你走吧。"

他用时空瞬移送走了小明，前提是他得留下现在所有的东西，假如现在的东西被带到了过去，造成不必要的影响就麻烦了。

"那是个好时代,好好生活下去。"

说着,小明就变成了一堆粉末消失了,再出现时,他已经很安稳地住在了大海留给他的房子里。

当小京找到他时,他才知道,大海失踪了。

时间的节点刚好是AA29穿越回去的那天。

AA29会不会为了小京,而……小明不敢想。他现在没有办法再回去了,他无法得知那个世界里到底发生了什么。AA29是否尚在,大海是否还活着?

就在两人翻遍了大海的房子都没有找到半点线索,要崩溃的时候,听到门外传来一声扫描声,门开了,大海走了进来。

面对扑过来的小京,他紧紧拥住,半晌才看到小明,问:"你也在?"

他松开小京,捂着肚子:"我走了好远,我饿了。"

"我去做吃的给你。"小京一溜烟进了厨房。

小明沉默地坐在一边,不知道说什么。自从大海把房子留给他住以后,他们基本上都不说话的,关系很冷淡。

"CA86,喜欢这边吗?"大海突然开口。

"啊?"

小明抬眼。大海是不可能知道他的名字的。

"和过去的自己抢女人,这种感觉怪诡异的……"这,分明就是AA29。

原来,最后一次回去时,小明带给AA29的回信里还多了一张纸,那是大海写给AA29的信件,这才让AA29急着走进了时空瞬移机。

大海还很年轻,有的是干劲管理那个阶层,而他只想回到她身边,好好感受爱情。反正,得益的都是自己,没有什么亏损。

"对啦,那个哒儿令给我回信了吗?"小京突然从厨房伸出脑袋,问小明。看到大海一副疑惑的表情后,她朝小明做了一个嗾声的动作。

"大海"朝厨房走去,一边问:"哒儿令是谁?你和他写什么信呢?"

"一个笔友啦。"小京撒着娇,声音在厨房的嘈杂声里有些模糊。

真好,这样的结局。

只是——

突然有个念头闪过小明的脑袋,他心里一阵慌闷,一阵生疼钻进脑子里,他自言自语起来:

我忘了第十份快递了,那个是谁的?

幸好

你没

嫁给他

No. **12**

最 后

的 告 白

／想 你 的 时 候 ， 天 空 都 是 你 的 样 子他从来不坐飞机。

所有人都知道这个习惯,但没有人问为什么。

喜好一个东西,有时不需要什么理由,但如果不喜欢一件事,大多都有一段往事。

大学时期,全班一共 25 个人,女生 18 人,男生 7 人。

男生们按女生的长相,给女生们取名为女铜人 1 号,女铜人 2 号……女生也不甘示弱,按贱排名,回敬他们葫芦娃 1 号,葫芦娃 2 号……嘴最毒最贱的是葫芦娃 1 号,林九。

男女双方名单出来的时候,陈夕笑得特别贼,看着名单逐一对号入座,发现坐在她身边的就是葫芦娃 1 号,凑脸过去,挨着他说:"喂,1 号葫芦娃,你嘴有多毒啊?"

对方眼皮一抬,一双眼睛轻微地上下扫一眼陈夕:"哟,女铜人 10 号,您的排名虽然靠后,但长得更像铜人啊。"

陈夕一听,火了。这不是在歧视自己的长相吗?

对方还在继续:"18 铜人看过吧,把小鸡鸡去掉,就长你这样。"

女生面子薄,经不了这样的诋毁,一串火花燃到头,她红着脸,拽过林九面前的书,摊开,双手各持一端,用力一拉,"哗——"一本书成了两本。

林九目瞪口呆,正要发作。上课铃响了,一个头发偏白、卷曲的老太太走了进来。

老太太扫视一周,踱步到两人桌边,一支粉笔点在陈夕的桌面,留下一圈粉尘。

"你们谁的书没带?"粉笔在桌子上敲击着。

林九朝陈夕翻了一个白眼。

"哟,这个男同学了不得了,第一天上课就朝我翻白眼呢?出去!"粉笔急促地敲击着桌面,折成两段,一段顺着桌子滚到了陈夕的手边。

陈夕心一抖。

林九二话没说就走了。

课还在继续上,陈夕愧疚地看着窗外,墙面挡着,看不到人。

直到在食堂遇到端着饭盒晃悠的林九,陈夕上前,向他道歉:"今天对不起啊。"

"带饭卡了没?"

"啊?"

"你不是要道歉吗?"

"对对,我请你吃饭。"

打那以后,最后一节课下课铃声一响起,林九就很自觉地奔到陈夕身边,敲着她肩头。

"走,吃饭去。"

一张饭卡承受两个人的胃,还是有些负担的。

有一天,陈夕饭嚼到一半,停下,直勾勾地盯着林九:"我有预感,我们会成为最好的朋友。"

"现在就是啊。"

"好朋友,那明天开始,你养我吧。"

陈夕最大的优点是能吃,尤其是没有了饭卡的压力后,更是撒了欢地往嘴里塞食物。

虽然她特别瘦。

常常吃到林九睁大眼睛颤抖地捂着口袋问:"你属饕餮的吗?"

这个时候,陈夕会补一句,我还能吃。

林九咬牙切齿:"好,咱继续下一家,不信撑不死你!"

两个人几乎吃遍了各大院校附近的小吃,哪家的小龙虾麻一些,哪家的宫保鸡丁肉多一些,哪家烤红薯更香甜一些,哪家的烤鱼肉质更嫩一些,他们全都知道。

吃货的力量恐怖到什么地步呢?

路痴的陈夕出了宿舍就能迷路,但是她会为了一根玉米棒带着你十分顺溜地绕半座城。

通往一个人的心灵深处,有很多种途径,其中一种必然是胃。

到后来,快到下课的点,林九的手机里准会出现陈夕列举的几个清单。

也不知道是在吃哪一顿饭时,林九心里有了秘密。

他越看陈夕越觉得顺眼,她眼睛弯弯,像溪水中倒映的上弦月;她的笑容浅浅,像一艘正要扬帆的小船;咧嘴大笑时,又像是一场暴雨后的日头初升;最是那两点梨涡,看着让人晕眩。

10号女铜人,是十全十美啊。

林九不禁发起了呆，一回神，桌子上只剩下残羹。

因为吃，他们打过各种各样的赌，大多是林九输。
2012年12月21日，传说是世界末日。

两个人打赌，那一天会不会真的世界毁灭。

林九颓废地想，那一天定是火花四溅，周围一片火海，被包围的人瞬间燃成一团火，噼里啪啦地被烤着，冒出一股臭烘烘的屎尿味，很快，火舌伸过来，他拉着陈夕拼命地跑，直到跑不动了，他把陈夕推出去，在火光中看着陈夕感动地飙泪……

陈夕不悦："按这个剧情，你还等不到我飙泪，我就被烤得飙油了。所以当时应该是这样的……"

传说的世界末日那天，万里无云万里天，天蓝得像漆刷过一样，太阳懒洋洋地挂在天上，暖烘烘的。我在靠窗的座位上听着音乐，林九那厮正呼呼大睡口中哈喇子流了一地，于是这时，诡异的事情发生了——一团小小的火苗在他身上冒着，慢慢地一簇小火花升腾起来，在林九的羽绒服上驰骋，那厮突然跳起来，大喊着："着火啦，世界末日了，快跑！"

我偷偷藏起手上的放大镜。

"为什么只有我一个人着火了？"林九诧异，这剧情不合逻辑，要死也得一起死啊。

"谁让你信世界末日呢？"

"你别不信，不然我们打个赌好了。我赌是真的。"

"假的!"

"如果是真的呢?"

"那我答应你一个条件!"

"好,假的我就答应你无数个条件!"

"成交!"陈夕伸出手,和林九击掌拉钩。

此景被路过的同学看到,凑在一起咬耳朵。

两人全然不当一回事。

心里有鬼,才怕说三道四;心里清澈,才不管别人的闲言碎语呢。

不管世界末日与否,日子还在继续。两人的关系也越来越近。

不知道是不是同星座同血型的关系,两个人相处十分默契,很多时候,一抬眼,就领会到对方的意思了。

林九开始刻意做一些事,去讨好陈夕。

陈夕喜欢周杰伦。

林九时刻关注周杰伦的新歌曲和动态,一有新歌出来,第一时间买碟送给她。他买好周杰伦的演唱会门票,递给兴奋得蹦起来的陈夕,不好意思地挠头:"这次买的是最便宜的,等我……以后毕业工作了,一定请你坐第一排。"

林九也喜欢听周杰伦,他更喜欢听陈夕拉着他的袖子,在身侧毫不拘束地大喊大叫。

气氛是很容易传染的,他也吼叫起来,对着陈夕的耳朵吼,等我以后厉害了我去找周杰伦给你录生日歌!

"拉钩啊!"

"拉钩上吊一百年,不许变!"两人像幼童一样,涨红着脸,在拥挤的人群中许着天真的诺言。

一百年,就是一辈子了吧。

林九不禁想起《霸王别姬》里张国荣的那句台词:说好是一辈子就是一辈子,差一年一个月一天一个时辰都不行。

他偷偷脸红了。

陈夕喜欢看电影。

他就到处找资源,一得空就抱着电脑找陈夕看片。林九尤其喜欢看文艺爱情片,因为陈夕会哭得很丑很可爱。

他们看《花样年华》时,陈夕红着眼睛,扭头看林九,说:"我们也一起写故事好不好?"

林九觉得心都化了,也顾不得她说什么都点头:"好。"

他们开了一个博客。每人写一段。

故事里,男主人叫酒,女主人叫柒。酒和柒命途多舛,总是遭遇不测,然后又突然逢凶化吉。

女生向来多愁善感,喜欢把剧情写死,男生铁了心绞尽脑汁死命把故事朝好的结局拉回来。

那时林九是校园广播站最受欢迎的主播,他偶尔也会把两人写的小片段加进广播里,引来一票粉丝追捧。

陈夕喜欢浪漫。

没有女生不喜欢浪漫。

林九就自己手工做很多小玩意儿,上网买材料,一个步骤

一个步骤地亲力亲为。他想她收到的每一份礼物,都有自己的气息。

世界末日那天,他独自在小河边捡了很久的石头。

他想,如果世界末日没有到来的话,他要送她一份——很公主的礼物。只是,花费的时间,可能要很久。

世界末日很平淡地过去了,没想到,陈夕的第一个条件是——林九,你找个女朋友吧。

林九看着陈夕半天,她很无辜认真的模样,确定不是在开玩笑。

"为什么?"

"大家都在谣传我们俩暧昧。"陈夕低着头。

本来就是啊。林九盯着她,很想说出口。

"所以你找个女朋友的话,别人应该就不会说了。"

为什么你不能做我朋友呢?林九苦笑,却忍不住点头,说:"好。"

彼时,林九已经全权负责学校的广播站,有一堆迷妹,找一个女朋友,实在很容易。尤其是在广播学院这样的地方。

不出三天,他领着一个长发貌似陈夕的姑娘去找陈夕吃饭,互相介绍:"这是我们班的女铜人陈夕,这是我的女朋友小艾。你们想吃点什么?"

那顿饭吃得极其尴尬,林九全程在找话,两个女生只顾矜持地吃着饭,不多言。

事后,女朋友问:"你同学是不是喜欢你啊?"

林九挽过女友肩膀："别多想,她有男朋友的。"

是的,陈夕有男朋友,林九很早就知道。不用谁告诉他,喜欢上一个人,她的一切消息,都会来得很简单,从四面八方。

证明自己有了女朋友之后,林九还是一如既往地找陈夕。

两个月后,有一天林九和女朋友一起吃饭,遇到了独自端着饭盒的陈夕。陈夕站在林九面前,没说话,扭头就走。

他们太了解彼此了,一个眼神就知道对方心里所想了——你有女朋友了,就不能一起吃饭了。

林九贴心地给女朋友夹菜,等她放下筷子,平静地说:"我们分手吧。"

女生定定地看着他,很冷静:"你也为我做一个礼物,我就不缠着你了。"

第二天女生接到一份快递,林九花了一个月兼职的钱,买了一个女生曾经驻足的包包。

始终,他没法亲力亲为,对她以外的人。

林九上网买了一套雕刻设备,他想用捡来的石头,做一个石头的旋转木马。

只因,有一次在游乐场,陈夕说:"你知道吗,女生没有不喜欢旋转木马的。"

"那我们再坐一圈。"

陈夕拉住要去买票的林九,摇着头:"好的东西,浅尝辄止。"

有时候,林九也会好奇陈夕和男朋友的感情到底怎么样。

两个人异地，又不常联系，相当于不在一起了吧。他刻意不去想这件事，每当想起时，总这样念叨。

终于旋转木马做好了，他做了整整三个月。

每一颗石头上都刻着字母，那是陈夕的名字全拼，底座放电池的地方镶有灯，亮起来的时候，五颜六色的，随着木马的旋转，音乐也会同时响起，那是他自己录的《旋木》。最里面的位置，悄悄刻了自己名字的首字母——女生心细，她应该会发现的吧。

外层的色彩，是自己抱着一堆颜料找油画系的朋友请教后自己调色上色的，边际没有很好地过渡，有些晕染，但也别有风味。

收礼物的那个人，应该会很欢喜吧？

轻手轻脚地拿起，平稳地放进木盒里，扣上锁眼，再笨手笨脚地糊着彩纸，粘上一朵粉红色的花，揪起丝线，拉直，松手，卷曲得刚刚好。

他抱着盒子，冲下楼。

快到女生宿舍楼时，他看到陈夕正下楼——果然，他们是心有灵犀的。

他正要喊，却见陈夕走向一个男人。

他只瞥了一眼背影，就迅速转过头。这个背影和任何一只葫芦娃都匹配不上。

他转过身，低着头，胡乱走着。

喜欢一个人时候的预感，向来很敏锐。

那是陈夕的男朋友,那个传说中不怎么联系她的空少。

之所以那么慌张地避开,只是不想看到他到底是什么样子。看不清他的模样,那么,在他的世界里,这个人就可以忽略吧,就可以当作不存在吧。

路过一只垃圾桶,他站立许久,撕开包装盒,掏出一张小字条,扔掉。

晚些时候,还是只送木马好了。至于有些话,还是再晚一些时候说吧。

只是,这只木马,送出去,颇有曲折。

下午的时候,他没看到陈夕。短信不回,电话不接。她的室友说,她跟男朋友一起走了。

林九拼命地反复地拨打电话,然而始终没人接。

那天下午,最后一场期末考,只有24个人。

林九心猿意马地答题。他想把试卷的名字改成陈夕,可是谁会信呢?第一次,他觉得班级人少,是多么坑爹的一件事。

林九在小河边找到了发呆扔水漂的陈夕。

"你怎么不去上课?"

"上课有什么用?"

"为了他吗?"他很想问,但忍住了。

"老师说我挂科了,党员的事情……"陈夕又往水里扔了一颗石头。

"我帮你去求情。"林九急了,但心里又是高兴的。只要不是为了其他事情,就好。他说,"我和辅导员关系很好,应该可以。"

"真的?"陈夕的眼中闪着光,她抓着林九的手。

"嗯!肯定可以!"

一个月之后,陈夕的申请通过了。

她开心地请林九吃了小龙虾。

"林九,多亏你,这下我可以安心地去实习了。"她剥着虾,话题跳转,问,"最近的校园广播,怎么没听到你的声音了?"

"嘿,这不是要准备实习了吗,就没精力顾得上,让给别人管理了。"

"哦。"眼前的女生没心没肺地蘸着辣酱,把虾递到他嘴边。

值了。哪怕就为了这一只虾。

"我家里找了关系,我要去上海实习了。"陈夕见林九吃了虾,凑近距离,悄悄说,"我给你也留了一个名额,我们一起去上海吧。"

林九不禁想起《花样年华》:如果有多一张船票,你愿不愿意和我一起走?

他想。

但不能。

他得去西藏实习。

他交出了自己在这个学校里的所有,包括自己的党员资格,还签了一份霸王实习条款,才换来了陈夕的党员资格。

这些,她不知道,也挺好。

"不去西藏的人生,不完美。我啊,决定去世界屋脊了,你要是有空,记得找我玩啊。"

陈夕脸色瞬间变了,转身小跑着离开了。

林九看着陈夕跑远的身影,笑了。

从小在东北长大的他,初遇藏族的阳光,有些不适应。一米九的大汉,常常被晒得很虚脱恨不得贴地走。

两坨高原红,就像待嫁的姑娘涂的胭脂一样。

视频里,陈夕举起自己的防晒霜,埋汰:"你们男生真大大咧咧,把地址给我,我给你寄过去。"

林九欢喜得一夜未眠。

更欢喜的是,一个星期后,送来防晒霜的不是快递,而是陈夕。林九捂着一脸浓重的胭脂色,含羞得无处躲藏:"你怎么来了啊?"

"来看你。"陈夕扒拉开他捂脸的手,笑得差点岔气。

陈夕刚结束实习期,她估算着,林九应该也结束实习了。其实林九几天前就拿到了实习证明,只是他在兼着几份工作,这几天才结工资。

陈夕跟在导游林九身后,玩遍了西藏。

林九也顺利拿到了大学生涯的最后一笔钱。

夜晚,两个人坐在小酒吧的角落里,喝着酒,陈夕问:"你说,毕业生都要来一个间隔年吗?"

"不如,我们一起旅行吧。"林九提议。

"好啊。"喝得醉醺醺的陈夕比画着让林九制定路线。

"我们就这样从西藏一路去上海呀。上海是我的地盘,到了我请你吃上海最好吃的……"

"好。"林九拨开沾在陈夕嘴角的长发。

从西藏到上海,跨越了三个时区。但是,她说的,都好,只要在毕业班会前赶到学校就行。即使赶不过去,也无所谓。

自己喜欢的人,当然要从心里宠着。

两人一路游玩一路吃,为了省钱,他们住青旅,从一开始的各一间,到后来挤在一个标准间。

同屋的那晚,林九心跳得很剧烈。

他想,自己是不是要说些什么,来避免这尴尬?辗转反侧间,他问躺在对面敷面膜的陈夕:"你要不要吃夜宵?"

"晚饭好撑。"面膜里挤出这么一句。

"晚点再去吃啊。"陈夕不愧是吃货,她提议。

"好啊。"林九便开始计算着什么时候算晚点。

结果,等他再问的时候,陈夕已经睡着了。

第一夜,就这样平安度过了。

往后的几夜也都差不多。最后两人钱花得差不多了,便决定直接买机票飞回上海。

飞机上,林九看到了那个背影,那个曾让陈夕放弃了考试的背影。

那个人衣冠整齐、面带微笑地路过他们面前,他对陈夕低语:"下飞机我找你。"

下了飞机后,林九微笑着对陈夕点头,什么都没说,一个人走了。

心里的天平一直在摇摆。

到底，他们俩算什么呢？

他从虹桥机场坐地铁到虹桥火车站，买了一张火车票，北上。不是买不起机票，是不想再坐飞机了，以后都不想了。

火车上，他收到陈夕的短信："你在哪里？"

他靠窗闭眼，却又忍不住回了一条："在上海闲逛呢。"

"那我去找你。"

一条短信，让林九恨不得立马跳车。

林九喜欢陈夕，但这四年里，他却从没告白过。

即使这四年来的每顿饭他们都是一起吃的，即使每天他们都不停地发信息聊天直到睡得迷糊被手机砸红鼻子，即使他们一起在黑暗里手拉手看着演唱会，即使他们一起旅行睡在同一个标准间里……

他有那么多机会，但却没说过一句"我喜欢你"。

室友们打趣："你们真的像老夫老妻一样，不说半点情话。"

林九默默地笑着，告诉自己，再等等吧，等毕业再告诉她。

毕业，是一件看着遥遥无期但转瞬即到的事情。

毕业散伙饭吃了一顿又一顿，班级之间，校友之间，兄弟之间，找着各种各样的理由喝得东倒西歪一遍又一遍，不过是想推迟分离的脚步。

但天下没有不散之筵席，转眼间部分人陆续得到了工作机会，不得不散落天涯了。班长林九号召了最后一次散伙饭，庆祝大家未来事业蒸蒸日上。

那天晚上,谁都没有嘴毒,都发自内心地说着违心的话语。

最后一顿饭,谁也不愿意先走,似乎不走就不会天亮,就不会分别。他们场地换了一处又一处,都是平日里喜欢去的地方,最后他们去了军训后去的第一家酒吧。或许酒吧的名字,比较吸引他们吧——不离。

觥筹交错,歌舞升平。

室友在林九耳边吼道:"你准备去哪里发财?"

林九视线追随着在一旁和别人打闹的陈夕,叹了口气:"还不知道呢。"

室友顺着林九的目光追去,担忧地拍拍他的肩膀:"哥们儿已经毕业了,小心嘴边的肉被人抢了。"

林九举起酒杯,和室友碰了杯子,一饮而尽。心想,她好像和空少男朋友分手了,应该是喜欢我的吧。

是时候要一个结果了吧。

喧闹的音乐在脑子里震动颤抖着,大家也都筋疲力尽地瘫倒在一起,横七竖八地瞎聊着天。林九跑到陈夕身边,嘴一张一合,陈夕吼道:"你说什么?"

周围太吵,有些话,却没有重复一次的勇气了。

他也冲她吼:"出来说!"

站在门口,像是站在两个世界的边缘,背后声色犬马,纸醉金迷,眼前却是一片冷寂,虽然热气蒸腾,汗瞬间就要往外涌。

"走走吧。"林九看着陈夕。对方点点头:"好啊。里面吵得我也头晕。"

很好的开头。

那天凌晨的街头,只有他们两个人。

很久以后林九回忆起这一段,十分怀疑自己的记忆是不是错乱了,毕业季这个时间不应该满大街蹲着呕吐、大笑、哭泣、相拥的年轻人吗?但是那天——或者说林九错乱记忆里的那天,街头空无一人,他们肩并肩地走着,也没有目的,影子一会儿平行,一会儿在身前被拉得很长交叠在一起。

那天的氛围也很奇怪,平日里大家话多得像麻雀,那会儿他们居然一路无语。

不记得走了多久,林九摸着口袋里的小盒子——那是拿全部家当换来的,问:"我可以问你一个问题吗?"

"好啊。"

女生的声音,还是那么悦耳。

口袋中的小盒子,绸缎的毛层表面已经被手心的汗水打湿,但手还是紧紧地握着,以便以最快的速度将其拿出来。

"你相信,男女生之间有纯粹的友谊吗?"话到了嘴边,却换了一种说法。

"你希望我说什么?"女生很快回答。

"我想知道,你自己是怎么想的。"

已经毕业了,内心还是在意对方亲口说出他想要的答案,他在等女生说不相信,这样,手心汗湿的地方,就会换一种方式了。

人,是一种情感动物,很多时候,感知的世界并不客观,比如说,女生说出答案之前的这几秒钟,林九觉得像是过了一个世纪。

又比如说当陈夕说"相信啊,我们不就是最纯粹的友谊吗"的时候,明明天热得滚烫的汗水直冒,可是他觉得心拔凉拔凉,像是穿着小棉袄跑得一身火热时掉进了冰窟窿里。

世界寂静,耳边无声。
他很想说"可是我不信",然后留下一个背影永远消失。
或者当陈夕低着头,羞红从额头漫到脖子上时,低声说:"才不信呢。"那会儿,他会觉得自己像是在太阳上散步,浑身颤抖,幸福得下一秒钟就会被融化成可口的巧克力吧。

鸟语花香,如诗如画。
事实上,他问完了这句话,就耳鸣了。
世界一片嗡嗡声,像海啸一样,灌进了自己的耳朵里。他转过身,一言不发地回了酒吧。
没有回复,或许是最好的结局吧。
这样,不论是友情,还是单方面的爱情,都会长久吧。
后来,陈夕留在了北京,林九选择去了上海,一北一南,天各一方。

再后来,两个人各自有了恋人,夜深人静的时候,他们偶尔会有一搭没一搭地聊天,只是,不提曾经。

"你相信男女之间有纯粹的友情吗?"

这不是一个问句,而是最谨慎的告白啊。

幸好
你没
嫁给他

No. 13

久违

的爱人

/ "初次"见面

"安妮,你今天要和甲先生相亲的。"

才洗漱完还没来得及坐到餐桌前,就听见未来在一旁温柔地提醒我今天的行程。

"知道啦。"我一把抢过早餐机器人手里的面包,撕成一条条往嘴里塞。

"据我的数据分析,甲先生是最适合你的伴侣了。"未来看了早餐机器人一眼,吩咐它去拿牛奶,再语重心长地告诉我,"安妮,你应该让早餐机器人喂你吃饭的。"

不过是自己动手吃了一个面包而已,未来就这么大惊小怪的。上次出门,就因为自己步行了一段路,也被念叨了半天。

"好啦好啦,我吃饱了,我去相亲了。"

"地点在A1号商场。"

又是A1号商场?

未来是我的机器人管家,从我记事起,就在我身边,管理着家里大大小小所有事情。

有时候,我会问它,那么多人,我们选择了彼此,是不是缘分呢?但它每次都是露出一副不理解的表情,一个劲儿地扫描分析着我说的意思。

或者,它终究是机器人,没法理解人类想亲近的那种情感吧。

走到门口,在鞋柜机器人为我穿好鞋子的同时,移动机器人已经按照未来的指令,制定好了路线。我只要以自己舒服的姿势,靠在座位上睡一觉,或者发发呆,等它提醒我到达目的地就好了。

就在我昏昏沉沉要睡着的时候,移动机器人猛地一晃动,停了下来,像是撞到了什么。

电脑计算的轨道,应该不会存在任何差错的。

我诧异地打开窗户,往外张望,却见一双手突然搭上敞开着的窗户槽上,不等我探身去看,一个陌生男人的脑袋冒出来,冲我笑:"你好,你撞到我了。"

那时候,我并不知道,这个男人的出现,会彻底改变我的未来。

我慌张地向四周张望着,并没有看到他的移动机器人。

这时,系统发出提示声:对方违反交通规则,正在通报给交通机器人。

他一个翻身,跃进来,伸出手点击了取消发送,接着一屁股坐了下来,我见他一身脏兮兮,赶紧往旁边挪了挪。

"幸亏你的速度比较慢,不然我就挂了。"

真是个口无遮拦的男人。

他继续冲我笑着,指了指他背后的一片狼藉,自来熟地告诉我,他在学历史书里的方式,制作了气球,当作交通工具,但是没控制好速度,所以才没躲开我。

"气球?"

他点点头,把背朝向我。

我不可思议地去触摸他背后的橡胶碎片,我记得书上说古代人喜欢往小小的橡胶制品里吹气,它会瞬间膨胀很多倍,五颜六色,各种图案和造型都有,看起来十分美。

"可你刚违反了《交通法》啊。"

他鄙夷地朝我扫一眼,说:"什么《交通法》?又没出事故。"

我尴尬地笑笑,我已经太久没有和陌生男人交流了,一时间不知道说什么来缓解此刻的尴尬。

没想到他自己打开了话匣子:"再说,这也没什么,我还做过很多尝试,比如说我上次……"

不知不觉,已经到了 A1 商场,系统也提示了好几遍"您已到达目的地",但是我实在对他描述的世界太好奇了。好奇到我打算放弃今天的相亲了。

直到未来发来的提醒,在屏幕上不停地闪动着。

"你要和这个甲先生相亲?"

"是啊,我的管家特别为我筛选的呢。"我想了想,善意地提醒他,"你以后还是尽量不要在 A 区做这样的实验了,不然会被扣除贡献值,搬迁到其他区了呢。"

他笑了笑:"我就住 D 区啊。"

他居然是 D 区人?

我一惊:"你,赶紧走。"说着不由分说,把他推了出去。

他撇嘴笑了笑,那抹神色我有些看不懂。

我现在所处的世界,是个非常有秩序的世界,每座城市,分成A、B、C、D区域,对这个社会贡献不同的人,按照对等的关系对应到各个领域。而正常情况下,各区域的人,是不可以擅自跨区的,否则机器人有权拘禁警告,严重者则会被降级派遣到其他区。

直到他消失在视线里,我才往商场走去。

到了相约的地方,却没有见到甲先生,商场服务机器人给我播放了甲先生的语音,他说他临时有事,改天约见并向我致歉。

回到家,未来竟然一反常态地没有追问我今天的相亲情况,只是打开了电脑,模拟了我和甲先生往后的生活,相亲成功,步入婚姻,然后我怀了孩子。

镜头定格在医生机器人抱着孩子哄着的场景。

我有些意犹未尽,问未来:"后面的场景呢,怎么不继续模拟给我看?"

未来关掉了屏幕,跟我碎碎念:"等你结婚了,自然就知道后面的场景了。"

越发觉得和未来的聊天很无聊。我打个哈欠回了房间,不知为何,总会不由自主地想起今天遇见的那个男人,他说话有趣,可惜他是D区的人,不然……

不然,或许我和他约会,生活会更有意思吧。

第二天,我又遇到了昨天那个人。

这一次,他背后整了一对类似"鸟儿"那样的羽翼,远远地向我招手:"你好啊,我叫阿初,你叫什么?"

我有些慌张地改变着方向，一不小心又撞上了他。

"我怎么又遇上了你？"

"应该说，你怎么又撞上我了。"他坐在我旁边，龇牙咧嘴地捂着肩膀，看样子，这次撞得不轻。

"你这样会受伤的。"我忍不住劝他，不要尝试这样的发明了，频繁地出现在A区，对整个社会秩序不利。

"社会秩序？整齐统一才是违背规则的。"他不屑地挑眉，把羽翼从肩膀上扯下来，"你想不想试试？"

"嗯？"

我惊讶地看着他暂停了移动机器人，在操作器上捣鼓了一会儿，从里面拿出一张蓝色的芯片。我清楚地看到他再度不屑地微扬嘴角，从自己的上衣口袋里掏出另一张蓝色芯片，替换了进去。我看清了终点是D区的某个位置。

只要他按下开启键，我就会做出违背社会秩序的事情了。

我知道，我的心脏加速地跳动，是一种本能的兴奋。我想尝试，我也渴望未知，但是我也怕会出现不可预知的结果。

我咬着牙，打开他那侧的门，用力把他推了出去。糟了，我忘了我们还在半空。

在"啊——"长长的拖音里，我慌慌张张地离开了。

那天，我一个人在商场里坐了很久，喝了很多杯咖啡。说真的，这咖啡的温度、浓度刚刚好，可是我一点都不喜欢，我一直不太喜欢那么精确的数据计算，好比未来为我选中甲先生一样。

可是，不管怎样，我不能否认，有时候，去过被安排好的生活,不用自己操心,其实也不是坏事。

我决定去找甲先生。

视频那端的未来,脱口而出甲先生的住址,一副很满意的样子。只是我没想到,敲了半天的门,却没人应答。

"我知道你要找的人在哪里。"

又是阿初,也不知道是从哪里冒出来的,也许一直在跟踪我吧。

他拉着我,坐上了我的移动机器,不停地加速。整个城市的风景在不停地飘忽着,过了一会儿,我们离开了A区。和这座城市不同,B区是一片藏蓝色的风景,接着是紫色的C区,然后是一片红色区隔开来的D区。

红色是高度报警提示——难道D区都是不利于社会和平的人吗?

和A区的豪华不一样,D区的建筑看起来很像历史书上的那种房子,很破旧,材料我分辨不出来,我觉得它们随时都会从这个世界上消失。

阿初疯狂地驾驶着移动机器人,冲向D区的某一个地方,眼见着要撞到建筑,我赶紧闭上眼睛。一阵平稳后,我睁开眼,他已经离开座位,站在外面朝我招手。

我想下去,却看到未来站在他身后。

天哪,未来如果知道我来到了D区,非拘禁我不可。我正想和未来解释,却见它走向我,说了一句匪夷所思的话:"欢迎来到D区,安妮小姐。"

未来的性别特征是女,这个机器人的声音特征是男。我诧异地看着阿初:"它是谁?"

他笑了笑:"它是我的机器人管家宁采臣。"

我松了一口气,笑了笑:"宁采臣不是古代电影里的一个男主角吗?你这里是不是还有一个小倩?"

宁采臣看着远方,回答我:"没那么浪漫,我在机器人系统里编号还是D0呢。"

人人都知道,标记为0的,不论是人类还是机器人,都是极度危险分子。

我竟然遇到了这些人!

我要赶紧离开!

可是宁采臣却拦住了我,我看着它的嘴一张一合,感觉自己的脑子已经没法接受信息了。

我不记得后来是怎么回家的。看到未来的时候,我本能有些抗拒。甚至连晚饭都没有胃口,没有洗漱,直接回房,关闭了整个房间的电源,一个人在黑暗里,尽量平静自己的情绪。

他们让我看了一段模拟视频,那是我与尚未谋面的甲先生生完孩子之后的场景。

或许那只是危言耸听,但是我的脑子,却止不住地去回忆那天的对话——

"你没觉得现在社会的A、B、C、D级分类,是一种很病态的分配吗?"

"你真的觉得你生活在A区,是因为你对这个社会做出了卓越的贡献吗?"

"其实不过是你们比较听话罢了。"

"听谁的话?"

我记得以前问过未来,为什么我们的世界分成了四等。未来只是眯着眼,让我好好享受生活就好,不用思考那些烦心事,它们会来替我们处理。

我宅了几天,决定去找阿初,弄清楚这一切。

对于我的到来,他似乎一点也不惊讶。

"跟我来。"

我跟着他绕了很多路,走进一个黑暗破旧的电梯,一直降到地下。周围一片漆黑,他一直牵着我,直到打开那扇门。

那是一间有着各种各样仪器设备的屋子,里面陈列着很多机器人零件。屋子亮得有些晃眼。我清楚地看到自己躺在产房里的画面,定格在某一个屏幕上。

我知道那是什么。

上次他们给我看的,就是这个。

模拟我和甲先生生子之后的场景——我生完孩子后,就被注射了一种药物,失去知觉。而甲先生也被注射了同样的药物。等我们再各自醒来的时候,过的又是另一种生活了。

"我不想看模拟视频,我只想问你,你把甲先生怎么了?"

"甲先生就是我。我侵占了一个机器人管家系统,捏造了甲先生这个身份。"

"为了接近我?"

"是的。"

原来这一切,包括我们的相遇,都是设定好的。我心里一阵失落袭来,但更多的是气愤。

"我不管你有什么目的,从现在起,离我远点!"

"我需要你,安妮。"

"你需要我?我只是一个听话的人类,满足于机器人安排的生活的人类。"

"你真的一点也记不起来了吗?"他看着我,眼睛里充满了哀伤,和之前的大大咧咧完全不同,"你是我的妻子啊。"

我明明未婚,单身!

"这个模拟事件,真实发生过。上一次和你结婚生孩子的那个男人就是我。"他拦住我,固定住我的肩膀,让我只能面对他说的每一个字。

"就在一年前,你生下了孩子后,被屏蔽了那段记忆。"

我呆住了。

宁采臣过来解释,现在的机器人已经发展到近乎没有瑕疵的水平了,它们能任意控制人类的大脑,植入一段系统编好的经历。每个人过的生活,并不是自己真实经历的,而是机器人想要他们经历的。它们会按照自己的标准,引导大家去生活。之所以不能完全控制,是因为它们还没有完全掌握人类的思维,而且它们也想学会人类的所有技能,尤其是人类独有的各种情感。所以它们需要人类生育出更多的后代,用来实验。

他们最近才知道，那些失踪的孩子，被一个个分开，从幼儿时期开始陪伴机器人，让它们学习人类的各种情感，期望有一天可以统治地球，取代人类。

阿初是一个科技发烧友，在注射药物之前，改变了他的管家机器人的系统，所以避开了这一切。他为了逃避这一切，也为了寻找自己的孩子，故而制造了自己的失踪，从此以后，他的身份，在机器人系统里就是0。

因为0是一切事物的起点。未知的，才是可怕的。

"你得让我看到证据。"

"证据就在你家里。"

第二天，阿初以甲先生的名义拜访了我。在我们成功把未来支开后，他轻车熟路地走进我的卧室，熟练地拉开窗帘，爬上阳台，在窗帘最顶端的角落里摸索，过了一会儿，他跳下来，递给我一个小小的白色芯片："这是你卧室的监控。"接着他又放上另外一块芯片，以之前植入好的系统更新屋子里的一切监控。

这个颜色和墙面一样，说真的，谁会去怀疑自己家的墙面上有监控？

接着，他带我走进了未来的房间。我原本以为他要翻箱倒柜，却见他直接打开未来的电脑，找到了一个命名为《安妮01号》的视频。

他苦笑着说："如果你不相信我，明年的今天，这里会多一个

《安妮02号》文件。"

与他描述的不差——

我看着自己和他曾经相遇，相恋，结婚生子，然后在产房里被注射了一管药水，接着孩子被抱走。醒来时，我以崭新的记忆重新生活在这个世界里。

"这些都是真的？"

我全身冰冷，虽然早做好了心理准备，但是真正看到这一瞬间，还是忍不住。如果这一切都是真的……我忍不住颤抖起来。我想找到我的孩子，已经过去整整一年了，也不知道他有没有学会走路，长了几颗牙齿。

"安妮——"未来的声音突然从背后响起。

我回过头，它依然是那副很平静的神态。我紧紧握住阿初的胳膊，尽量控制自己的情绪。

"好孩子，过来——"它的话音突然中止，一只手从它的脖子上移开，那里的重启按钮正在一闪一灭着。宁采臣从背后伸出脑袋，朝我们比画了一个大拇指。

说到底，机器人还是不信任人类的。他们的重启、更新按钮，只有同类才可以有效按动。

宁采臣提取着未来的信息，搜索着孩子的下落。终于，我们看到了一个详细的地点——Ａ１商场。

想想也是可笑，就因为机器人告诉我们，我们只能在Ａ１商场的１层活动，就从来没有人去过２～９９层。甚至都没有想过，那里有什么，为什么我们不能去。他们说得对，我们是太听机器人的话了。

按我们的计划，阿初侵占了未来的系统，让它待在家里，继续扮演着监控机器人的角色，代替我应付着日常。而我和阿初穿上特制的机器人外衣，和宁采臣一起假装成机器人管家，趁着探视学习的机会，替换掉监控系统，争取时间救出那些孩子。

能救多少，是多少。

我们很顺利地摸进了监控厅。

可是，我看到监控室里的屏幕，还是惊呆了。

在这间圆形的监控室里，满满一圈的屏幕墙壁，对应着99层房间。每一层的房间，都是一个大广场，有数量不等的机器人和小孩，年龄从刚出生到7岁不等，他们做什么，机器人就模仿什么。

虽然孩子们随本性而为，但是他们只能活在这个房间里，不知道过去，也不会走向未来。事实上，我之前的生活，不也是如此吗？只不过是大一点的牢笼而已。

宁采臣也很认真地看着屏幕，突然问我们："如果今天你们都不能活着离开，会后悔吗？"

"不会！"我和阿初同时回答。

"那如果只有一个人能活着出去，你会选择谁？"

我和阿初同时指着对方。

"这就是你们人类说的爱吧。你觉得，机器人会学会爱吗？"

总觉得，自从进入这个监控室，宁采臣就变得有些和往常不太一样了。我看了阿初一眼，心想，不会是他设置的系统出现了问题吧。

就在我们把Ａ１商场的室内地图拷贝完了后，发现宁采臣居然不见了。

我和阿初对视了一眼，心里有种不祥的预感。

也不知道我们触动了什么，突然间，警报器就响了起来。

不一会儿，长长的走廊里就围来了一堆机器人，前后密密麻麻的一片，数量还在不断增加着……

这些机器人脸上流露着各种表情，就像之前屏幕里看到的那样，喜怒哀乐，十分丰富。它们步伐统一地向我们靠近，越来越近，很快，我们就被围堵在了一个小小的圆中心。

看样子，今天不可能完好地离开了。

空气里弥漫着一股冰冷的金属气味，我忍不住深呼吸起来，这种感觉让人想呕吐，我绝望地闭上了眼睛。

过了好一会儿，却没有动静。

我睁开眼，发现这些机器人都停在刚刚的位置上，没有前进。

无法理解的是它们居然都在无声地哭泣。

透明的眼泪，从那仿真的眼睛里流出来，或许它们自己也觉得不可思议，用手捧着掉落的泪珠，发着呆扫描着。突然间，它们两两相拥，像久违的情人。

"机器人怎么学会了哭泣？你不是说它们还没学会人类的情感思维吗？"我扭头轻声问阿初，他看着我，摇头，一副"我也不知道发生了什么"的样子。

发生了什么?

"是小倩,她刚刚把你们人类历史上最感人的爱情故事,植入了它们的系统里,这会儿,大家都沉浸在爱的世界里不可自拔。"宁采臣又不知道从哪里冒了出来,看着我们说,"我想,我爱上了小倩。"

机器人懂得了爱?

"那未来会怎样?"我不禁好奇地问道。

"未来,会是我们的。"

幸好
你没
嫁给他

No. 14

重新遇见你

/ 你是我的劫数

四周一片寂静。

迷迷糊糊中传来一阵阵沉闷的声音，像是被困在玻璃窗夹层里的苍蝇在扇动翅膀，由于空隙小翅膀没法展开，每扇动一次都会打在玻璃上。接着那翅膀的扇动幅度似乎越来越大。

"啪——"，有物坠地的响声。

我猛地睁开眼，周围一片漆黑。右侧下方有小片微光吸引我看去——竟是一只振动着发出"嗡嗡嗡"声的手机，微光中，隐约可见深色木质的地板上，整齐地摆放着灯具和桌椅。

我抬抬腿，由于睡眠太久导致腿部发麻，丝丝刺痛从小腿肚蔓延开来。

我没死？

脑子开始运转起来，像电影快速回放似的。

暮年的我，和年轻时候的心上人安妮各自丧偶，在儿子的鼓动下，我打算向安妮告白。我在精心打扮一番后，抛开一切，在去安妮家途中遇上了一伙年轻人，他们撞倒了安妮，并失手将一把刀子捅进了我的身体……

后来我就失去了知觉，我记得最后一幕是安妮扑在我身上，哭得梨花带雨。我记得迷糊之中，我终于说出了迟到了几十年的那句"安妮我喜欢你"。我还记得我倒在那个路口，流了很多血，但此刻……我动了动胳膊，并没有感到痛楚。我认真地闻了闻，周围一丝药水味都没有，虽说上了年纪感官没有那么灵敏了，但这里肯定不是医院。

这是哪里？

安妮呢？

她有没有受伤？

手机锲而不舍地振动着，我木讷地朝屏幕看去，上面显示着来电人的名字——安妮。

我欣喜若狂地起身，裹在身上的被子左侧有些沉，但我并没在意，俯身去够床底的手机。那是安妮的电话。不管她说的是什么，我都想听听她的声音。

就在我伸出食指打算接通电话的瞬间，一个娇媚的声音率先冲进我的左耳，轻轻地在房间里回荡着："我冷。"

我愣了好几秒，才反应过来那是谁的声音。年轻时的妻子就是这样娇嫩的音色，不同于安妮御姐范儿的成熟嗓音。她整个人很小鸟依人，声音甜腻腻的，像是时时刻刻都在撒娇的模样。果然下个瞬间，一只胳膊就缠了过来，紧紧地搂住我的腰身。我大气不敢喘。

或许是见我没动静，她松开了，随即"啪"的一声吊灯也开了。

一瞬间的光明刺得我眼睛有些疼，像是一个瞎子突然见到正午的太阳光。

注定的吗？即便是做梦，我也见不到安妮吗？多少次午夜梦回都是这样，每次都是差一点点。

"我们……"

下一秒，她揉着眼睛，一边往后退一边诧异地盯着我，或许是发现她和我一样裸着，又悄悄拉过被单一角，把自己严严实实地裹了起来。

我正想说别闹，却发现对这屋子里的摆设我竟非常陌生。

妻子明明过世很多年了,为什么此刻的她不仅在我面前,还年轻得不可思议?我下意识地伸手抚摸自己的脸,也是光滑一片。我跳下床,朝一旁的梳妆镜靠过去,一步步,慢慢挪过去,弯下身,盯着清晰的镜面端详着自己。

镜子里的人一头乌发,很短很密很利落,整张脸,除了眉头附近皱起的纹路,其他地方毫无悬念地彰显着年轻的胶原蛋白,轮廓分明得好陌生——对一个活到七十多岁的老头来说,年轻的模样早就是陌生的风景。

一连串不同于刚刚的影像闯进脑子里。

某个片段里,安妮答应了我的第一次邀请,却临时爽约。在街头闲逛的我看着她和另一个男人谈笑风生一同离去,于是妒火中烧,我一头扎进路边的一家酒吧,一杯接一杯地灌着自己,不考虑自己的真实酒量。

再后来,跟跟跄跄的我似乎触碰到一片柔软,然后我就什么都不记得了,接着就是现在这副模样了。

这是什么情况?

本以为受了那么重的伤,我会死去,现在不仅没死,反而还一副二十来岁的模样。

我这是——回到了过去?我来不及思考我为什么会回到过去,但是我之前的生活里没有现在这一段。

还是说,因为我触动了什么,之前发生的一切都随之改变了?

我看着蜷缩在一旁面带羞红的妻子,不知道我们之前发生了什么荒唐的事情,起码我能确信,我们还没结婚。我紧闭双眼,用力思考。哦,好像我醉酒后遇到了同样喝醉的她,于是两人相拥一起回到我家,然后借着酒精和月亮,发生了一些不该发生的事情。

对了,倒计时呢?我还有多久的寿命可以用来向安妮诉说我的心事?

我扫了一眼妻子,低着头套上裤子,蹦到卫生间里,也不管那个半球现在的时间,急忙忙地按着拨号键,打给父亲。曾经因为父亲发明了可以预测一个人寿命的倒计时机器,每次一旦我靠近安妮,倒计时就由正常寿命跳到几小时,在生命和爱情的抉择中,一次又一次地,我选择了苟延残喘,远离安妮,远离了我的爱情。

但直至我老去,我才知道,我始终爱着安妮。没有她的余生,我如同行尸走肉。

这一次,我要扭转乾坤!

生平第一次觉得接通电话是一个漫长的过程,直到父亲的声音从那边传来:"哈喽,儿子。"

"爸爸,听我说,您发明的倒计时机器千万千万不要寄给我!"

"倒计时?"父亲的声音停顿了一会儿,才继续从话筒传过来,"你说的这是什么机器?"

"就是那个能预测一个人还剩下多少寿命的发明,您说那叫倒计时。"

"哈哈哈,傻儿子,现在的科技哪有那么发达,那是死神干的事。但是我很高兴,你把我想得这么厉害。"

爸爸并不知道倒计时是什么?

不管是因为倒计时预测了我的危险也好,还是倒计时导致某些磁场改变带来了危险也罢,总之我都无法接近安妮。但是现在,这些都不是问题了。

重新遇见你 219

我这是交了什么狗屎运,居然这么幸运地回到了一切都可以重新开始的时刻,一切障碍都不能阻止我追求安妮了,除了妻子乔一。哦不,在这个时空里,她还不是我的妻子。

男未婚女未嫁,一切皆有可能。

我打量着她,想不到重来一回,什么都改变了,她还在我的世界里。她会不会是我这一世的威胁呢?

继而我又狠狠地摇头,想什么呢,她和我似乎还不熟悉呢。

"你刚刚说的倒计时是什么?"

"啊?"我一愣,随即辩解道,"那是和我爸开的一个玩笑。"

"陆白,你真是一个有趣的人。"她也穿好了衣服,我们俩面对面看了一眼对方,她朝我一笑,算是化解了这么厚重的尴尬。

我点头示意,以示回应。

我躲闪着她投过来的好奇的目光。

我无心交谈。

虽然我不知道我们之间到底是什么关系,但既然还没结婚,我就不能再和她有任何瓜葛。从现在开始,和安妮在一起,是我最大的目标。我已经错过了很久,不想再等到年迈时才敢追求爱情了。

手机又振动起来,依旧是安妮的。我看了一眼,红着脸正要接,却听到门铃响了,透过猫眼看过去,我看到了我朝思暮想的人。她依旧那么美,猫眼孔放大了她的脸,却依然让我心跳加速。

我看得有些醉,突然一只手搭在我的肩膀上,乔一问:"是——"

我飞快地捂住她的嘴,朝她摇头,不让她发声。我没有仔细研究过，这一层薄薄的门隔音效果到底怎么样。

那天的门铃响了很久，手机振动了很久，我和乔一呆坐在屋子里很久，她也没说什么，我们看起来各怀心事。

最后我送她离开。

分别时，我犹豫再三，吞吞吐吐地说："对不起，这是一场误会，但愿没有影响到你。"

"你真可爱。"她笑着转身跑去。

步伐很轻快，跑了好一会儿，还转身朝我挥手。真是一个可爱天真的女孩，可惜我们有缘无分，我心早有所属。

为了表示我对安妮的歉意，我订了999朵鲜红的玫瑰。晚餐吃到一半的时候，服务员推着玫瑰走过来，花瓣上的水珠在轻轻的晃动中颤抖。我看到安妮惊讶地捂着嘴，半天才把视线移到我身上。

"送我的？"

"除了你，没有别人。"

鲜花向来足以吸引女孩，不管是什么品种。

餐厅里响起阵阵赞叹声，人们的视线全都聚集过来，有人拿着手机拍照，更有几个女孩跑过来小声问安妮可不可以合影，安妮微笑应允，落落大方。

拍照的人越来越多，安妮起身去了洗手间。

"大手笔啊。"

闻言一颤，我看着不知道从哪里窜出来的乔一，有些心慌，急忙站起身来，不用照镜子都能猜到我此刻的脸色很差。

"好……好巧。"我挪到玫瑰花外侧,以免她坐下来黏人不走。

她随手抽出一朵玫瑰,放在鼻尖轻嗅,摇着头:"上次你在酒吧也这么说。"

"对不起。"

"我又不是要听你说对不起。"

"你想怎么样?"我朝洗手间的方向望去,压低声音。

"你们也上过床了?"她也压低声音,冲我笑着。

"够了!安妮是我喜欢的女人,我不希望你这么侮辱她。"

她似吓了一跳,往后退了一步,呆呆地看着我:"陆白——"

"请你离开!我们——只是一场错误的一夜情。"我心一狠,挑狠毒的话说了出来。

她看着我,咬着嘴唇,眼睛里闪着光,狠狠地跺了我一脚,拿着那朵玫瑰花转身跑开了。

我并没有追出去。她也是个美丽的女人,一定有更好的人对她温柔,而我,只担心安妮会不会突发奇想数一数这花为什么只有998朵。

面对那天的玫瑰花告白,安妮微笑着说,她需要考虑。

其实,没有拒绝已是最好的结果了。

往后的日子里,我对安妮采取了死缠滥打式追求。每天上下班接送,一天无论多无聊多累,在她面前,我都有说不完的话。其实只要她在我面前,什么都无所谓了。

爱情是什么?爱情是即使你在我面前放了个臭屁熏天,我都会觉得,天哪你为什么这么可爱。

一个月后,在郊区的星光下,安妮答应了我的表白。

我没想到安妮也有这么天真的一面,她说有成千上万的星星做见证,成千上万双眼睛盯着我往后的一言一行,言语幼稚得像个小女生,御姐范儿荡然无存,当然我知道,卸下盔甲才会这样。

心里满满的满足感,像地暖一样,从脚底升起,围绕全身。

"我终于和你在一起了。"我在心里悄悄说。

轻轻拉过她,拥在怀里,她就势靠在我胸前,头抵在我的下巴处,乌黑的长发散落在我的胸前,散发着清淡诱人的香味,我不禁轻嗅鼻翼。是什么洗发水的味道呢?似乎有些熟悉。

不过很快,我就不再思考这个问题了,因为成千上万的星星见证下的亲吻,占据了我全部的思维,是那么甜。

我发誓我要让安妮幸福,这辈子不受一点伤害。接到医院打来的电话时,我慌张得手机连摔了三次,捡起来立起身时,脚底一打滑,整个人差点摔倒。

我着急地往病房赶,却在走廊上看到了乔一。

她手上拿着的包包,正是安妮的!

我记得她还是一个大学生,今天应该是她交学费的日子。记忆里闪过一个我给她交学费的片段。所以——她就是那个打伤了安妮的偷包贼吗?

她一边走,一边从口袋里掏出一个口罩,戴在嘴上。

对了,我记得她以前可是一个跆拳道高手。所以,是出于报复我还是因为什么理由,促使她做了这样的事情吗?

我冲到她面前,拦住了她的去路。

"把包留下!"我咬牙切齿。

"为什么?"

"留下包,我就不和你计较,从此一别两宽。"

她愤怒地看着我:"我知道你的意思,但是包我不会留下的。"说着便要离开。

我伸手挡住,再用力一扯,包到了我的手上。

她作势要抢,我没理她,径直朝安妮的房间走去。

刚走到门口,一个一模一样的包包就映入了眼帘。

这是怎么回事?

安妮伸着扎着针管的手,去够包包。我连忙推门而入,温柔道:"你要拿什么?我来。"

"咦,你手上怎么有个和我一样的包?"安妮问道。

我低着头,不知道要怎么办。

"那是我的包。"乔一走了进来,解释道,"他在走廊上撞到我的,以为是我偷了你的包。"

我更加不知道说什么好,只好继续低着头。

"呀?陆白你傻啊,人家小姑娘长得这么灵气,怎么会是个偷包贼?你得和人家道歉呢。"安妮打着圆场。

"对……""不起"两个字还没从喉咙里挤出来,就听乔一说,"是长得很像,被误解了也算正常,能理解。"

她从我怀里抽过包,就转身离开了。

自那天以后,我再也没见到乔一。我甚至偷偷去调查过她的过去和现状,但是没有一点消息。她似乎消失了,一点痕迹也没留下,像是我的世界里从来没出现过这个人。偶尔,我也会惦记她，在之前，她曾是相伴我一生的妻子，给我生了一个非常争气的儿子，在科研上的成就比那时的父亲还要厉害。只是，我们不会在一起了，那个孩子，想必也不会出现在这世间了吧。也好，有些事，不发生，最好。

只是我偶尔也会恍惚，会不会我的现在也只是一场梦呢？

乔一的离开，让我多少有些愧疚，有时候安妮不在我身边，我就会想起这件事，一个人闷闷不乐地发呆很久。

我忍不住去看了心理医生，医生除了开给我一些安眠药，就只告诉我压力不要太大，人生且行且乐。

不过说得也是，没有对乔一的责任，也没有了倒计时的心理阻碍，我找不到我不能和安妮在一起的理由了。

半年后的一次旅行中，我和安妮订婚了，在一个热气球上。她伸手等着我给她戴戒指，恍惚间，我觉得这像是一场求婚。

嗯，我应该尽早向她求婚。我需要一纸婚书的安全感，我需要契约的证明，证明这一切是真实拥有的。

模糊记忆里那一幕幕的印象太深，我怕。

某个傍晚，餐厅人很少，我们靠窗而坐。马路上一辆辆驶过的车灯映在玻璃窗上，折射到我们的脸上，视线忽明忽暗，靡靡之音包裹着整个餐厅。

安妮正一勺一勺地挖着一块小小的草莓蛋糕，银色小巧的勺子停在她的唇边，让我不禁想凑身亲吻她。

"安妮，你愿意嫁给我吗？"

很显然，她愣住了。

我以为她要说我们是不是发展得太快了,我也打好了一堆腹稿,要说服她。

但她没有疑惑,只是平静地说:"再等四年吧。"

四年?

"为什么要等四年?"

下一瞬间,安妮露出了很疑惑的表情,她看着我,眉头紧皱,勺子送入嘴里,又移开,银色的小勺"叮"的一声搁在盘子上。

"我……"她咬着嘴唇,迷茫地盯着窗外,"反正要等四年才能答应你。"

四年,其实也很快。我愿意等,不问缘由。现代人,谁没几个秘密呢?

只是,不知道为什么,我总觉得时间过得有些恍惚。

日子虽然一天天过着,但我常常分不清每一天是否都是24小时。有时候甚至觉得,我的某段时间,像是被人为地拖动了快进条,像是要刻意地去迎接某个时段,去见证那个时段发生的事情。

为此,我瞒着安妮去看了心理医生。

每一个心理医生都一样,听完我的苦水后,递给我一杯水、几片药,按部就班地拉下厚厚的窗帘,放着舒缓得让人昏昏欲睡的音乐,不一会儿我就靠在按摩椅上睡着了。

每次我都是突然醒来。

我问医生:"我是不是有病?"

"你很健康。"

"可是我真的觉得我的时间,过得有些不正常。"

"我在你睡着时,给你催眠了,通过你的描述,你应该是突然得到了梦寐以求的爱情,有些患得患失。"

"是吗?"我思考着医生的话。

"一个人在兴奋或恐惧时,都会有这样的感觉。"

"那医生,你觉得我是兴奋还是恐惧?"

医生笑笑,并没有回答。

换了几次心理医生之后,我发现根本没什么用。既然如此,不如就信他们,我很健康,珍惜现在,且行且乐。

何不安心地过着两人世界,等四年的契约好了?

第一年的时候,我带安妮去见了父亲,父亲很高兴,送了很多他发明的小玩意儿模型给安妮,还把安妮的声音植入到了我们的家庭机器人的系统里。每天早晨,我都能听到安妮的声音说着"早安",每天,都是一个美好的开始。

第二年的时候,我们去见了安妮的父母。他们对我也很满意,吃饭的时候给我夹满满的菜,和我聊着家常下着象棋,仿佛我们早就是一家人。

第三年的时候,安妮搬进了我家。我第一次深信,这个世界上还有东西是没有期限的,比如我们的热恋期。每一天,我们在彼此的呼吸中睁开眼迎接这个世界,每一天都在彼此的微笑凝望中香甜睡去。

第四年,我的生活早步入了想要的幸福里,不知不觉中都忘记四年之约了。

有一天,安妮递过那枚几年前我就备好的戒指,问我:"你不打算给我戴上吗?"

我颤抖着接过来,朝她的无名指摸索着套上去。不大不小,刚刚好的尺寸。

"亲爱的,我们旅行结婚吧。"

她开口了,我不住地点着头,除此,我激动得语无伦次不知道说什么。

我们蜜月之旅的第一天是在轮渡上度过的。

或许是幸福来得太突然,我彻夜无眠。

一晚上搂着安妮在怀,透着微弱的月光,欣赏着她的面容。虽然看得不是很真切,但我明白自己的心,是真真切切想和她一辈子在一起,不念前尘。

天刚蒙蒙亮时,安妮翻了个身,揉着眼,对着我迷迷糊糊地笑。我突然冒出一个念头。不记得谁说过,第一次日出,要和相爱的人一起看,往后的日子便会过得红红火火。

清晨的海面还来不及炎热,最前方的海水稍染了些红色。海风拂过,柔软地包裹着裸露在外的肌肤。安妮在我怀里嘀咕着:"有点冷……"不等她话音落,我就脱了外套给她披上去。

清晨的甲板不仅清凉,也更安静,我看着认真等日出的安妮,忍不住含住她的耳垂。她轻轻地避开,指着甲板的角落处说:"那边有人——"

我顺着安妮的指引看过去,一个短发女人坐在地上,低着头,容颜看不清,她背后有一个小男孩踮着脚尖,拿着一件幼儿小外套正往她背上够着。

稚嫩的声音，随着空气传了过来："妈妈不冷，宝宝外套，给你。"

安妮忍不住在我耳边嘀咕："这孩子好乖啊。"

我笑了笑。我向来对别人的事情不是很热情，但是这个小男孩真的过于懂事了。

"我过去和他们聊聊天，你要不要一起？"

我摇摇头，刮了一下安妮的鼻子，宠溺地看着她小跑过去。

那个女人一看就知道心情不太好，我还是不要参与的好。而安妮向来是交际高手，肯定一会儿就和他们混成一片了。

我静静地看着日头一点点冒出海面。

他们的笑声不时地传过来，看来聊得不错。

也不知道过了多久，我准备招呼安妮回去吃早餐了，听到她问小男孩："你长大想当什么啊？"

小男孩声音脆生生地说："科学家，很厉害的那种。"

我心里无端生出一股寒意。没来由地，我忍不住朝那边看去。

安妮问："为什么啊？"

"因为我的爸爸不要我和妈妈了，我想发明一个机器，让爸爸永远靠近不了其他女人，只能和妈妈在一起。"

大大的晴天里，我突然打了一个寒战，那个小男孩突然扭过头来，一张酷似我的迷你脸，陡然闯入我的视线，他看着我，突然咧开嘴阳光地笑了起来，嘴角微微上扬，有一抹挑衅的味道。

他旁边的那个女人，我是不是在哪里见过？

幸好

你没

嫁给他

No. **15**

充 电

男 朋 友

/ 未 知 的 惊 喜

第一次发现男朋友需要充电,是在我们正式交往的一个月后。

那天我们一起去看电影,他想看枪战片,我想看科幻片,我们在柜台边争论。他没有像往常一样让着我,也没有跟我解释为什么要看枪战片,只说了一句"我不想迁就你去看科幻片"。我一愣,结果就在身后队伍的抱怨声里,他买了他想看的枪战片,没有再多问我一句。

从买完票的那个瞬间,我就在思考为什么他会这样,以至于电影放到了一半,我还没缓过神。

黑暗里的他表情严肃,目不转睛地看着大屏幕,一双手捏成了拳头,放在自己的腿上,时而松开,时而小力砸自己的腿,俨然进入了剧情。

我向来不喜欢看枪战片,加上错过了前半截,根本没法进入状态,有些不愉快,拿胳膊捣了捣他,却听他说:"这个爆头漂亮!"

投入得忘我了?

我更加不愉快了。

于是稍微用力地拍了他一下,问道:"我的水呢?"

他的眼睛依然没有移开屏幕,像是应着剧情般回答我:"没买。"

我这才仔细看了看,发现我们什么都没买,没有饮料,没有零食,就这样干巴巴地看着电影。我看着周围的人,他们在"砰砰砰"的枪声里,嘴里"嘎嘣嘎嘣"嚼着各种零食。向来被鞍前马后,一时间接受不了这个落差,我一冲动,就站了起来。他这才反应过来,小声问我:"你干吗?"

后排的人开始抱怨我挡住了他们的视线,我索性就跑出了电影院。

过了一会儿,他追了过来。我们坐在电影院外围的座位上,沉默着不说话。

他突然牵过我的手,说:"对不起,其实我一直没告诉你,我每隔一段时间就要充电一次。刚刚没有遵循你的意见,是我的自我充电机制。"

充电?

我扑哧一下笑出声来。之前铺垫那么久,就是为了这么严肃地编个理由来哄我啊,真逗!

他告诉我,他的充电方式,不是真的连接插座,让电从身体里流淌,而是选择性地做一些自己想做的事情,副作用就是在那个时间段,他可能会忽略外在环境,尤其是我。

我才不信呢,我活了二十多年,从来没听说过,男朋友还需要这样形式的充电。每个男朋友,从田地里收割过来后,不都是只需要晒晒太阳就够了吗?

可是时间久了,我越来越发现,男朋友说的充电不是个玩笑,他的充电行为,渐渐穿插在我们的日常生活中。

比如说,以前一起跑完步,我累了,他会背我回家,但是现在不会了,有时候还会不耐烦地说我不懂事,他也很累,然后两个人一路别扭不说话地走回家。

比如说,一些常规的节日再也没有收到鲜花、巧克力,我问他为什么不送我花,他却觉得那些东西不足为道,还给我举例子说,你见过考完试还狠劲复习温书的人吗,我们都已经老夫老妻了,在意那些干吗?

再比如,以前不小心碰到了他电脑关机键,我紧张得要死,他却哈哈一笑,觉得我小心翼翼的样子特别可爱;但是现在,我催促玩游戏的他陪我逛街,催了半天,一气之下按了关机键,他却蹦了起来。

这样反差的例子,实在多不胜举。

最让人气愤的是,有次我跟他说想去吃火锅,他却头也不抬,说吃完火锅一身味,好臭。可下一个瞬间,他接了一个电话,换了衣服就往外跑,说朋友们约吃火锅。

逐渐平淡的感情,让我不堪重负。

我萌发了分手的心思。

后来,我们分手了。

分手之前,他充电了好长一段时间,这段时间里,我们彼此都没控制住情绪,互相不退让,吵着吵着,也不知道是谁喊出了分手,另一个就喊着不分是孙子。

不久后,他穿了一身露半截腿和胳膊的衣服,登门道歉,开口就喊我奶奶,逗笑我之后才愧疚地说,那几天,他在充电,希望我能原谅他。为了体现诚意,他送了一瓶我喜欢了很久的香水。

和好之后的我们,也度过了一段完美的热恋期,这期间,他没有进入过充电状态。

然而好景不长。我没想到,很快,他就因为一碗馄饨而陷入了充电状态。

那天我们一起去外地玩,一路闲逛拍照。傍晚时分,两个人又累又饿,他问我想吃什么,表示如果我没有什么特别想吃的,就带我去吃这边最地道的饺子。

于是我跟着他走进了一家餐厅。可是东西端上来,却是一份馄饨。我迟疑地叫来服务员,正想问是不是上错了,却见他夹起一个就开吃,被烫得吸着气说好吃,然后让我也尝尝。

我看着他,说:"这不是我们点的饺子。"

他一下子就不高兴了,拿过盘子一口一个地吃了起来,直到把一盘都吃完,然后开始数落我。大意是觉得我过于矫情了,都是有皮有馅的,能有多大差别,能吃就行,还管它是什么种类。一直到出了店门,他还在怪我刚刚太矫情,让他面子挂不住。

我顿时觉得很委屈,明明是他要给我点饺子,服务员上错了,凭什么责怪我?一时激动,我就哭了起来。

半晌,他说了一句对不起,刚刚我又在充电了。

我站在路边的梧桐树下,看着路灯透过树叶,落在他脸上斑驳的光影,不知道该不该责怪他。但肚子里传来的饥饿感,让我突然间不想说话。

不止一次觉得,男朋友充电这个行为,我挺无语的。但是每次充完电,他也会来哄我。

我们吵吵闹闹分分合合许多次后,我渐渐有了一个认知,他的充电期,让我不痛快,但是仔细想想,又的确没造成类似劈腿暴力等原则性问题,如果说有问题,或许正如他所说的"我是把你当作自己人啊"。

有次喝下午茶的时候,我实在忍不住,问闺密:"你们的男朋友要充电吗?"

她们都很惊讶地反问我:"这个世界上还有不需要充电的男朋友吗?"

那一刻,我恍然大悟,原来男朋友这种生物都是要充电的。

那个下午,我听着朋友们诉说着自己男朋友的各种充电状态,也附和着大笑。最后,她们劝我尽量放宽心,既然他们要充电,我们也学会充电就是了,人生苦短,何必为了自己以外的人和事情不开心呢?

散场的时候,我看着她们撒着娇给男朋友打电话让来接。我也学她们的腔调打了一个电话,电话里男朋友告诉我,他正在充电,没法来接我。

放下电话,我笑着说,男朋友开车掉头不方便,让我去路口等他。然后自己打算偷偷挤公交车,却在公交站撞见了闺密们,大家互相笑着解释:"男朋友突发充电中。"

前一天我还在想,男朋友充电的这种行为,我要么继续忍,要么再次分。

可是既然全世界的男朋友都需要充电,那么,我换了一个,不还是要经历这个历程吗?闺密们都说,得过且过吧。

或许,我没能生活在一个好的时代。这个时代的男朋友,一开始是纯天然的,当从地里摘回来之后,失去了大地的养分,太阳能已经满足不了他们的需求了,就不得不需要各种形式的充电,方能维持他对我的热情。

偶尔,一阵阵的,终究好过一个人独自打发漫漫长夜,和复制般的一天天。

或许，有一天，我们也会成为传说里的同床异梦吧。我相信，这一天，终会到来，只是早晚而已。但我内心里，又在期待，它不要到来。

但是，有天他兴冲冲地跑来找我，想和我一起去旅行。

没听完整个旅行计划，我就拒绝了他。真的，实在太无趣了，而且我明明之前告诉过他，他说的这个城市我以前经常去出差，早玩腻了。

他一溜烟跑开了，后来几天都没他的消息，直到我看了他的朋友圈，原来他跑去旅行了。我看着共同好友点赞评论说，你和你女朋友感情真好啊！

我扫了一眼，继续下滑，去看其他人的朋友圈，默默地给他们每个人点了一个赞，包括男朋友。

刷完朋友圈，我接到一个电话，也收拾包裹，出门了。或许，女朋友这种生物也是需要充电的吧。

两天后，我们都各自回了家，大家都没有说起这个假期都玩了什么，各自刷了手机，直到夜深。

在他的鼾声里，我无数次翻着身，回忆着这次的充电，心里并没有一丝开心。我还是想和男朋友好好地生活啊，想要平淡的日子里，多一些浪漫和关心，竟是这么难。

我想多关心他一点，换来他的一些体贴。

不管怎样，男朋友充电的频率还是越来越高，时间越来越长。有时候一个月，我们都不怎么说话，大家在一个房间里，各自对着自己的电脑，或忙自己的工作，或各自戴着耳机看剧。

我们再也没有相拥一起，吃着膨化食品看着剧，话说得比剧情台词还少了。

就连做爱也似乎像是例行公事,没有激情,也不乐于解锁新姿势。

有时候,我刚嘟着嘴,要撒娇抱抱,他就会皱着眉说,现在是我的充电时间。

每当这个时候,我就算着日子想,我们交往一年了,好长啊!年轻的时候,拉一分钟的手,都能回味一个深夜,如今呢?

"我们结婚吧。"

有一天,他突然跟我说了这句话。

没有想象中的单膝跪地求婚,也没有布置特别浪漫的场地,甚至连个烛光晚餐都没有。就在这间大排档,我刚打开一瓶啤酒,打算自我麻醉,听到他说了这句话。

早在年少时,我还幻想过,以后结婚之前一定要男朋友很隆重浪漫地求婚,最好是我再拒绝个几次,显得格外矜持。当然了,为了给他面子,事不过三,我得在第三次时伸手让他给我戴上戒指,然后双手捂脸,控制激动的泪水不要流下来。

最好周围的人都很配合地喊着"在一起在一起"。虽然很俗套,但是生活嘛,我们不经历到那一步,所想象的不都是俗套的听闻吗?

我抬头看了一眼他,他正夹着一块鸡腿,半截咬在嘴里,娇嫩的肌肉包裹在骨头上颤动着,咀嚼了一会儿,一根还拉扯着一些残肉的骨头从他的嘴里吐了出来。

他看着我,筷子还在盘子里划拉着,似乎在等我的答案。

"好啊。"

我也答得家常便饭,心湖似乎荡起了一丝涟漪,但是过于轻微,我都不确定是不是刚刚有风吹过。

婚后的日子,更加老夫老妻,像是清汤寡水。

晚饭后,常规地一起散步,一前一后。

毕竟这天渐渐热了,如果像刚热恋那会儿紧紧地牵手,还没一分钟,手心就汗津津地黏湿了。

我跟着他的步伐,想着新来的小鲜肉同事给我发的暧昧短信,直到闻到一股花香,才恍然,我们竟然走进了一家花店。

他是要送我花吗?

他有多久没送我花了?

我的心不禁开始加快跳动起来。

他挑过一捧鲜红的玫瑰,径直走到收银台,付钱签字。全程没问过我。虽然我不喜欢红玫瑰,但是我喜欢他给我买红玫瑰时候的样子,那个有些小霸道喜欢给我惊喜的男人回来了?

我抱着这捧红,一路心花怒放地回了家。一边往花瓶里放,一边问他:"你怎么突然给我买花啊?"

"今天不是我们的结婚纪念日吗?"

心中窃喜,他居然还记得。没想到,他还会欲擒故纵呢。

"结婚是件极其耗费能量的事情,我觉得吧,在下一个纪念日到来之前,我得充很长一段时间的电了。"

可是你昨晚才充过电啊,我咽下去了这句话,笑容僵在脸上,问他:"很长是多久?"

"一年吧。"

充电男朋友

"一年？"我不可思议地看着他。

他挑挑眉，换上衣服，朝袖口喷了喷香水，向门口走去——

"或许不止一年。"

我看着他陌生又熟悉的侧颜，在光线的暗处变得模糊，这些年的生活，不停地在脑子里飞梭，突然间而来的"吱呀——"声打断了我。房门瞬间打开瞬间又关闭，他和我，已然隔了一道屏障。脑子短暂地一片空白后，闪过一个小火苗——新同事发的短信，我要不要回一条呢？

图书在版编目（CIP）数据

幸好你没嫁给他 / 程安著 . —北京：北京联合出版公司，2017.4
ISBN 978-7-5502-9925-2

Ⅰ．①幸⋯　Ⅱ．①程⋯　Ⅲ．①短篇小说－小说集－中国－当代
Ⅳ．① I247.7

中国版本图书馆 CIP 数据核字（2017）第 032952 号

幸好你没嫁给他

作　　者：程　安
责任编辑：李　征
产品经理：张其鑫
特约编辑：黄川川

北京联合出版公司出版
（北京市西城区德外大街 83 号楼 9 层　　100088）
北京联合天畅发行公司发行
北京艺堂印刷有限公司印刷　　新华书店经销
字数：150 千字　　880mm×1230mm　1/32　　印张：8
2017 年 4 月第 1 版　　2017 年 4 月第 1 次印刷
ISBN 978-7-5502-9925-2
定价：39.80 元

未经许可，不得以任何方式复制或抄袭本书部分或全部内容
版权所有　　侵权必究
如发现图书质量问题，可联系调换
质量投诉电话：010-68210805/64243832